EDIÇÕES BESTBOLSO

Perdas e danos

Nascida na Irlanda, Josephine Hart é autora de cinco romances, incluindo o best seller *Perdas e danos*, que vendeu mais de um milhão de exemplares em todo o mundo e se transformou no filme de sucesso dirigido por Louis Malle, estrelado por Jeremy Irons e Juliette Binoche. Hart mostra em seus textos, de estilo aparentemente simples, uma aguda percepção do comportamento humano. Tem livros traduzidos em 26 línguas. A autora vive com a família em Londres.

JOSEPHINE HART

Perdas e danos

Tradução de
ANA DEIRÓ

EDIÇÕES
BestBolso

CIP-Brasil. Catalogação-na-fonte
Sindicato Nacional dos Editores de Livros, RJ.

Hart, Josephine
H262p   Perdas e danos / Josephine Hart; tradução de Ana Deiró. – Rio de Janeiro: BestBolso, 2007.

Tradução de: Damage
ISBN 978-85-7799-022-1

1. Romance irlandês. I. Cardoso, Ana Lúcia Deiró. II. Título.

07-2267

CDD – 828.99153
CDU – 821.111(411)-3

Perdas e danos, de autoria de Josephine Hart.
Título número 023 das Edições BestBolso.

Título original inglês:
DAMAGE

Copyright © 1991 by Josephine Hart
Publicado mediante acordo com Josephine Hart c/o Ed Victor Ltd, Londres, Inglaterra. Copyright da tradução © by Distribuidora Record de Serviços de Imprensa S.A. Direitos de reprodução da tradução cedidos para Edições BestBolso, um selo da Editora Best Seller Ltda. Distribuidora Record de Serviços de Imprensa S.A. e Editora Best Seller Ltda. são empresas do Grupo Editorial Record.

www.record.com.br

Ilustração e design de capa: Luciana Gobbo

Todos os direitos reservados. Proibida a reprodução, no todo ou em parte, sem autorização prévia por escrito da editora, sejam quais forem os meios empregados.

Direitos exclusivos de publicação em língua portuguesa para o Brasil em formato bolso adquiridos pelas Edições BestBolso um selo da Editora Best Seller Ltda. Rua Argentina 171 – 20921-380 – Rio de Janeiro, RJ – Tel.: 2585-2000 que se reserva a propriedade literária desta tradução.

Impresso no Brasil

ISBN 978-85-7799-022-1

Para Maurice Saatchi

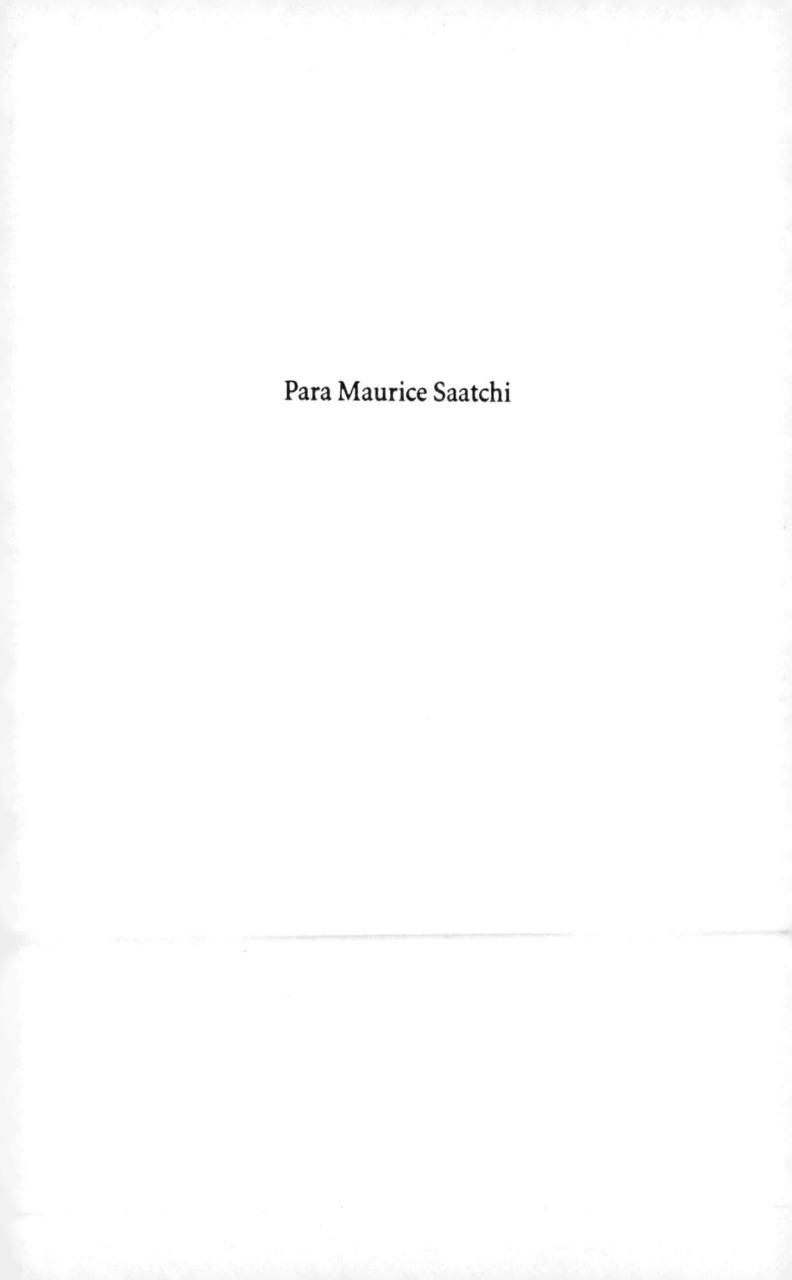

1

Existe uma paisagem interna, uma geografia da alma, cujos contornos buscamos durante toda a nossa vida.

Aqueles que têm a sorte de encontrá-la correm tranqüilos como a água sobre a pedra, acomodando-se aos seus contornos fluidos, e se sentem em casa.

Alguns a encontram no lugar onde nasceram; outros podem abandonar uma cidade à beira-mar, sentindo-se ressequidos e sedentos, e se encontrar revigorados e saciados no deserto. Existem aqueles que nascem no sossego das colinas do campo e que só se sentem realmente à vontade na solidão intensa e agitada da grande cidade.

Para alguns, a busca é a fonte prazerosa do outro; um filho ou mãe, um avô ou irmão, amante, marido, esposa ou inimigo.

Podemos passar a vida inteira felizes ou infelizes, bem-sucedidos ou fracassados, amados ou não, sem jamais ficar imobilizados pelo choque do reconhecimento, sem jamais sentir a agonia do momento em que o grilhão retorcido em nossa alma se desprende e, então, encontramos nosso lugar.

Já estive junto ao leito de moribundos, que olhavam com espanto e incompreensão a dor e o sofrimento da família ao deixarem um mundo em que jamais tinham se sentido à vontade.

Já vi homens chorarem mais diante da morte de um irmão, cuja existência estivera um dia interligada à deles, do que com a morte de um filho. Já vi noivas se tornarem mães, e que apenas uma vez, há muito tempo, estiveram realmente radiantes, no colo de um tio.

E na minha própria vida, já percorri um longo caminho, junto a companheiros amados, mas desconhecidos: uma esposa, um filho e uma filha. Eu vivi com eles; um estranho amoroso vivendo num ambiente de beleza que não satisfaz. Dissimulador eficiente, gentil e silenciosamente cuidei das arestas duras do meu ser. Escondi a inaptidão e o sofrimento com que me vergava na direção de minha escolha, e tentei ser o que aqueles que me amavam esperavam que eu fosse – um bom marido, um bom pai e um bom filho.

Se eu tivesse morrido aos 50 anos, teria sido um médico e um político bem-sucedido, embora não uma personalidade de renome. Alguém que dera sua contribuição e era muito amado pela esposa, Ingrid, desolada, e por seus filhos, Martyn e Sally.

Assistiriam aos meus funerais todos aqueles que chegaram mais longe na vida do que eu, e que, portanto, honrariam minha memória com sua presença. E aqueles que acreditavam ter amado o homem, o indivíduo, cuja existência testemunhavam com suas lágrimas.

Teria sido o enterro de um homem acima da média, dotado com as bênçãos do mundo de forma mais generosa do que a maioria. Um homem que, relativamente jovem, havia concluído sua jornada. Uma jornada que, certamente, teria levado a maiores honrarias e feitos, tivesse ela sido mais longa.

Mas eu não morri aos 50 anos. Há pouquíssimas pessoas que me conhecem agora que não consideram este fato uma tragédia.

2

Dizem que é a infância que nos forma, que aquelas primeiras influências é que são a chave de tudo. Será a paz da alma, a tranqüilidade do espírito, assim tão fácil de se obter? O simples resultado inevitável de uma infância feliz. O que é que torna uma infância feliz? Harmonia entre os pais? Boa saúde? Segurança? Não poderia uma infância feliz ser a pior preparação possível para a vida? Assim como levar uma ovelha para o matadouro.

Minha infância, adolescência e os primeiros anos da vida adulta foram dominados por meu pai.

A vontade, a total força de vontade, era seu credo fundamental.

– Força de vontade. Este é o maior recurso que um homem pode ter. É subutilizada pela grande maioria, mas é a solução para todos os problemas da vida. – Quantas vezes eu não ouvira estas palavras?

A combinação da crença inabalável que ele tinha no seu poder de determinar a própria vida com o corpo alto e forte em que residia aquela vontade fez de meu pai um homem realmente formidável.

Seu nome era Tom. Até hoje, muitos anos depois de sua morte, eu ainda associo força de caráter a cada Tom que encontro.

A partir da pequena mercearia que herdara do pai, ele construiu uma rede de lojas de vendas a varejo que o tornou um homem rico. Mas teria sido bem-sucedido em qualquer carreira que escolhesse. Aplicaria a vontade à conquista de seu objetivo e, inevitavelmente, o alcançaria.

Ele impunha a força de vontade aos negócios, à esposa e ao filho. Seu primeiro objetivo com minha mãe havia sido conquistá-la. Depois, assegurar-se de que qualquer tipo de vida que ela escolhesse não interferiria nas outras metas da vida dele.

Cortejou-a com dedicação total e se casou com ela seis meses depois de tê-la conhecido. A natureza da atração que existiu entre eles ainda é um mistério para mim. Minha mãe não me parece ter sido uma beldade. Eu uma vez ouvi uma descrição dela em que se dizia que era uma jovem vivaz. Talvez tenha sido isso o que o atraiu. Entretanto, não existe nenhum traço de vivacidade nas minhas recordações de sua presença delicada. Ela pintava quando era jovem. Algumas de suas aquarelas decoravam as paredes da minha casa na infância. No entanto, parou de pintar. De repente. Eu nunca soube o porquê. A natureza da ligação entre eles, e sem qualquer sombra de dúvida ela existia, ainda me escapa.

Fui filho único. Depois que nasci, eles passaram a dormir em quartos separados. Talvez meu nascimento tenha causado algum trauma. Qualquer que tenha sido a razão, havia o quarto de meu pai e o quarto de minha mãe, e eles eram separados. Como é que aquele homem jovem via o sexo? Não ouvi falar de nenhuma história escandalosa, não soube de nenhuma insinuação. Talvez a intenção dos quartos separados não fosse banir a atividade sexual e sim reduzi-la, como medida contraceptiva.

Minha vida durante a infância e, depois, como rapaz parece estar envolta numa névoa, permeada pela força constante da presença de meu pai. "Decida o que você quer, e então aja", meu pai costumava dizer, a respeito de tudo – com relação às provas, às corridas (minha única proeza nos esportes), até com relação às aulas de piano que eu quis ter e que o deixaram um bocado embaraçado. "Decida o que você quer, e então aja."

Mas que fazer com a incerteza ou com o fracasso prazeroso? E com a vontade dos outros, submetida à dele? Talvez isto fosse algo em que ele nunca tivesse pensado. Não por insensibilidade ou crueldade, mas porque acreditava realmente saber o que era certo e que os interesses de todos estariam mais bem servidos seguindo os seus.

3

— Então você resolveu que quer ser médico? – perguntou meu pai, quando aos 18 anos decidi estudar Medicina.
– Sim.
– Ótimo! Trate de se dedicar e ir até o fim. É um curso duro e difícil. Você acha que é capaz?
– Sou.
– Eu nunca desejei que você viesse trabalhar comigo. Sempre disse: "Simplesmente decida o que você quer, e então aja."
– Certo.

Mesmo seguindo o meu próprio caminho, ainda assim eu tinha a sensação de estar servindo a algum de seus propósitos. Personalidades fortes são assim. Até quando nadamos e mergulhamos na direção oposta, tentando nos afastar delas, sentimos que a água lhes pertence.

– Ora, mas é maravilhoso! – comentou minha mãe. – Você tem certeza de que é o que você quer?
– Tenho.

Nenhum dos dois me perguntou por quê. Se o tivessem feito, eu não saberia responder. Era um sentimento vago que, simplesmente, foi crescendo. Se eu tivesse encontrado alguma oposição, talvez apresentasse razões definidas e dedicasse alguma paixão ao meu compromisso. Talvez esse tipo de paixão só se desencadeie quando a vontade é contrariada.

Aos 18 anos fui para Cambridge e comecei a estudar Medicina. Embora tenha estudado as inúmeras doenças que afligem o corpo e as maneiras de tratá-las, isso não fez com que me sentisse mais próximo dos meus semelhantes. Não parecia me compadecer deles, tampouco os amar mais do que se estivesse estudando Economia. Faltava alguma coisa em mim e no meu compromisso. Mas, ainda assim, me formei e decidi ser clínico geral.

– Por que você não se especializa? – perguntou meu pai.
– Não.
– Não consigo ver você como clínico geral.
– Por que não?
– Ah, muito bem! Estou vendo que você já resolveu o que quer.

Entrei para uma clínica em St. John's Wood. Comprei um apartamento. Minha vida começou a ganhar forma. Minha livre e espontânea vontade me levara até ali, e não a pressão paterna ou os terríveis esforços acadêmicos. Eu tomara uma decisão e agira.

O próximo passo era óbvio.

– Ingrid é uma verdadeira beldade – comentou meu pai. – E também tem força de caráter! Aquela moça tem um bocado de força de vontade – continuou, em tom aprovador. – Então você resolveu se casar?
– Resolvi.

— Ótimo. Ótimo. O casamento é bom... – ele hesitou – ... para a alma.

Todas as minhas ambições estavam realizadas. Todas tinham sido fruto de minha própria escolha. Era uma vida abençoada. Era uma vida boa. Mas de quem era aquela vida?

4

Minha esposa é uma bela mulher. Isto é comprovado pelo que constato com meus próprios olhos e pela reação das pessoas quando a conhecem.

Ingrid tem aquela beleza de simetrias delicadas, uma combinação perfeita de olhos, pele e cabelos. Uma pessoa completa. E já o era antes mesmo que eu a conhecesse. Foi para seu ideal de beleza que doei minha existência. E fiquei feliz em fazê-lo.

Tinha 20 anos quando a conheci, de maneira muito convencional e correta, na casa de um amigo. Não havia nada nela que me abalasse ou que causasse sofrimento. Possuía em abundância a enorme força sedutora da serenidade. Ingrid foi alvo de minha admiração inicial, depois, do meu amor, como um presente precioso, mas merecido.

Eu, que havia temido o amor, temido alguma coisa selvagem que o amor pudesse despertar em mim, fiquei aliviado. Era-me permitido amar, eu acreditava que fosse amado, que o meu amor fosse retribuído.

Não desvendei nenhum mistério com ela. Ingrid era, de todas as maneiras, exatamente como eu havia imaginado que seria. Seu corpo era acolhedor e bonito. Se ela jamais tomou a iniciativa de me procurar, também jamais recusou uma aproximação minha.

O casamento não é a loteria que às vezes dizemos ser. Temos algum controle sobre o seu curso. Nossa escolha do parceiro é, em grande parte, uma questão racional, tanto quanto uma questão romântica. Pois quem haveria de ser imprudente num empreendimento cuja reputação é tão assustadora? Meu casamento com Ingrid seguiu um curso que não surpreendeu a nenhum de nós dois. Afetuoso como esperávamos e cuidadoso como pareciam exigir nossos temperamentos.

Não. Os filhos é que são a grande loteria. A partir do momento em que eles nascem, nosso desamparo aumenta. Em vez de serem nossos, para que os moldemos e lhes ensinemos de acordo com nossos melhores conhecimentos e esforços, são eles mesmos. A partir do nascimento, tornam-se o centro de nossas vidas e a margem perigosa da existência.

A saúde deles, no máximo uma dádiva fortuita da sorte, é, com freqüência, considerada por nós como resultado da educação e do cuidado com que os criamos. Suas doenças, quando sérias, destroem a felicidade. Quando eles se recuperam, vivemos durante anos com a consciência do que teria significado para nós sua morte. A natureza arbitrária da paixão que sentimos por nossos filhos, os quais revelam tão pouco deles mesmos durante a curta estada que passam conosco, é, para muitos, o grande romance da vida. Mas, muito embora possamos escolher o nosso objeto de amor romântico, não escolhemos a criança que será nosso filho ou filha.

Nenhuma revelação sensacional com relação à natureza da vida pareceu assistir à vinda de Martyn ao mundo. Lá estava ele, quase que exatamente como havíamos esperado que fosse: um filho amado e perfeito. Sally nasceu dois anos depois. Minha família estava completa.

Aos 30 anos, eu admirava meus filhos pequenos pleno de gratidão e carinho, e completamente perdido. Estaria ali o centro da vida? Seu âmago? Uma esposa, dois filhos, uma casa. Eu me encontrava em terras seguras, estava a salvo.

Éramos serenos e felizes como os que jamais conheceram a infelicidade, ou alguma terrível ansiedade. Havia paz em nosso lar, e uma sorte pela qual secretamente nos autocongratulávamos, como se algum altíssimo propósito moral nosso houvesse sido alcançado. Talvez tivéssemos aprendido que a vida podia ser organizada segundo os interesses de cada um, que isso exigia apenas a aplicação de inteligência e determinação: um sistema, uma fórmula, um truque.

Talvez existam ritmos benignos e malignos na vida. Tínhamos sintonizado o nosso para o som da beleza. Minha vida, naquela época, era como uma paisagem agradável. As árvores estavam verdes, os gramados vicejantes, o lago tranqüilo.

Às vezes, observava minha mulher adormecida, e sabia que se eu a acordasse não teria nada a lhe dizer. Quais poderiam ser as perguntas que eu gostaria que ela respondesse? Minhas respostas estavam todas ali, no final do corredor, no quarto de Martyn ou no de Sally. Como é que eu ainda poderia ter perguntas a fazer? Que direito tinha eu de fazê-las?

O tempo foi guiando o curso da minha vida – era o vencedor. Eu mal tentava segurar as rédeas.

Quando choramos por aqueles que morrem no viço da juventude – aqueles que foram privados de tempo para viver –, choramos por alegrias perdidas. Choramos por oportunidades e prazeres que nós mesmos jamais chegamos a conhecer. Temos certeza de que, de alguma forma, aquele corpo jovem teria conhecido o desejo e o prazer intensos que procuramos em vão durante toda a vida. Acreditamos que aquela alma jovem, inexperiente, presa na armadilha daquele corpo jovem, poderia ter sido livre e conhecido toda a felicidade que ainda buscamos.

Dizemos que a vida é bela e que proporciona satisfações profundas. Tudo isso nós dizemos, enquanto caminhamos como sonâmbulos, percorrendo nosso tempo, ao longo de anos feitos de dias e de noites. Permitimos que o tempo caia sobre nós e se vá, rápido como as águas de uma cascata, acreditando que nunca se esgotará. E, no entanto, cada dia que nos toca – e a todos os homens do mundo – é único, irrecuperável, finito. E é apenas mais uma segunda-feira.

Ah, mas aquelas segundas-feiras perdidas de nosso jovem amigo morto! O quanto não teriam sido melhores! Anos se passam. Décadas se passam. E não se viveu.

Mas o que dizer de todos os nascimentos por mim assistidos? Poderia alguma outra coisa marcar o tempo de um homem de maneira mais útil? E todas as mortes por mim testemunhadas? Competente em aliviar a dor, com freqüência eu era a última pessoa vista pelos moribundos. Será que havia compaixão em meu olhar? Será que eu demonstrava medo? Creio que aí, nessas ocasiões, eu tenha sido útil. E o que dizer de todos os dramas menores? Os medos e as angústias com que lidei? Aí também, sem dúvida, meu tempo foi bem empregado.

E com que objetivo, então, o tempo correu como as águas de uma cascata, apenas para se perder em meio à enxurrada? Por que razão decidi ser médico? Por que razão decidi tratar os doentes? Com que bom propósito tratei-os, conscienciosamente porém sem amor?

Aqueles que são afortunados deveriam se esconder. Deveriam se sentir agradecidos. Deveriam rezar para que dias de ira não venham a visitar seus lares. Deveriam correr para proteger tudo o que lhes pertence, e apiedar-se do vizinho quando o horror sobre ele se abate. Mas em silêncio e mantendo distância.

5

O pai de Ingrid era membro do Parlamento, eleito pelo Partido Conservador. Vinha de uma família de classe média abastada, e àquela altura, como resultado de bons investimentos, havia se tornado um homem rico. Embora meu pai tivesse muito mais dinheiro do que a maioria das pessoas teria acreditado, Edward Thompson era um homem mais rico do que ele.

A sua crença era que o instinto básico da humanidade é a ganância: o partido que ganhava a eleição era sempre o que prometera o pacote econômico mais vantajoso para a maioria – e não para o país.

– É nesta questão que os trabalhistas cometem seu grande erro, meu velho. Eles sabem que realmente é tudo uma questão de economia, mas confundem isso com uma melhor situação econômica para todos. Isso é o que ninguém quer. É demasiadamente caro e, de qualquer maneira, eles estão pouco se importando. Trate de cuidar para que a maioria ganhe mais e ela lhe garantirá os votos. É simples assim.

Ingrid sorria, ou discutia os argumentos do pai gentilmente, bem-humorada; mas no fundo acreditava que ele podia estar certo. A cada eleição era reeleito, a margem segura de votos sempre intacta.

Eu achava mais difícil tratá-lo com gentileza, mas todas as minhas dúvidas permaneceram sem ser formuladas durante muitos anos. À medida que o tempo foi passando, fui-me tornando menos paciente. Comecei a discutir e a argumentar com ele de maneira mais enérgica. Para meu espanto, meu sogro ficou encantado. Respondia a cada crítica com o rosto sorridente, radiante de prazer. Era um orador e argumentador muito mais experiente do que eu jamais havia imaginado. Dava estrondosas gargalhadas triunfantes sempre que conseguia me pôr contra a parede.

Minha posição era basicamente fraca, creio. Tinha aversão ao socialismo e ao que me pareciam ser as soluções simplistas da esquerda. Detestava a falta de liberdade que esta, cada vez mais, defendia.

Eu aceitava a filosofia básica do Partido Conservador. Entretanto, sua dedicação total à busca de riqueza material pessoal me era profundamente antipática. Era um conservador questionador, provocador e insatisfeito. Mas, ainda assim, no fundo do coração, era um conservador.

A medicina não é o melhor campo de trabalho para formar uma mentalidade de raciocínio político. Isto ficou evidente, de modo doloroso, em muitos debates dos quais participei, embora, com a prática, eu fosse melhorando.

— Por que você não se candidata ao Parlamento? O partido poderia aproveitar um membro como você.

Era como se meu sogro estivesse me convidando para ir jantar no seu clube, tamanha a displicência e casualidade com que certa noite soltou esta bomba, durante a conversa.

– Sim, é claro! Você é médico. Você representa a compaixão, a integridade, a manutenção de nosso grupo de gananciosos bem certinhos, na linha. Eu gosto da idéia. É boa para o partido e é boa para você. Poderia ir longe, sabe? Bem, de início eu não acreditava, é claro. Você me parecia completamente incapaz de articular suas idéias com clareza ou eloqüência, se me permite o comentário. Mas acabou tornando-se um prazer ouvi-lo. Você tem tudo, sempre teve, era um potencial escondido debaixo da superfície, sabe? Já vi esse tipo de coisa antes: aquele sujeito caladão que de repente desabrocha. Em contrapartida, existe aquela turma de grandes oradores aos 20 anos que, quando chegam aos 40, já não têm mais nada a dizer. Ah, sim, eu já vi de tudo. Há 28 anos sou membro do Parlamento, 28 anos. Já vi de tudo.

Ingrid sorriu, e, segundo pensei mais tarde, com uma expressão conspiradora. Mas me senti lisonjeado. Tinha a arrogância de acreditar que seria capaz de amenizar o estilo linha dura conservador de Edward Thompson, ainda que só um pouquinho, apenas o suficiente para dar minha contribuição. Minhas dúvidas íntimas desapareceram naquela noite. A idéia me agradava, estava orgulhoso de mim mesmo.

Depois de ter passado anos observando cuidadosamente cada movimento que fazia, tendo como objetivo evitar ser dominado por meu pai, eu agora me encontrava prestes a dar um rumo totalmente novo à minha vida, porque meu sogro me havia persuadido com lisonjas.

Naquela noite, Ingrid e eu ficamos sentados conversando mais séria e intensamente do que em qualquer outra ocasião durante nosso casamento. Ela estava muito animada. Percebi que sempre havia idolatrado o pai. Naquele momento, se achava fascinada com a idéia de me ver seguindo os passos dele.

Concordamos que eu deveria me candidatar a uma cadeira na Câmara dos Comuns, para uma vaga de deputado, relativamente fácil de conseguir, tendo em vista o fato de que acabara de surgir a vaga, no distrito onde morávamos. Ali minha influência como médico teria potência máxima. Embora eu tivesse como rival e adversário um comerciante do mesmo distrito, mais velho e mais experiente, os dirigentes do partido deixaram bem claro que prefeririam um membro das profissões "amparadoras". Rapidamente fui escolhido como o candidato conservador. Nas eleições suplementares, devem ter achado que haviam decidido corretamente, pois fui eleito por uma maioria de votos substancialmente aumentada. Ingrid voltou à sua vida, recolhida em si mesma, satisfeita. O mecanismo de funcionamento normal de nosso relacionamento se restabeleceu. Ela estava contente. A tranqüilidade que sempre havia caracterizado nossa vida cotidiana tornou a se instalar.

Anos depois, com muita freqüência, me perguntei quanto daquilo tudo havia sido acertado entre Ingrid e o pai, antes daquele jantar fatídico. Será que eles tinham me achado assim tão fácil de manipular? Ou estaria minha guarda tão baixa com eles, como com todo mundo, porque eu acreditava ser desconhecido de todos e, portanto, livre de ameaças?

Eu era o sonho de qualquer publicitário. Tinha 45 anos, uma esposa bonita e inteligente, um filho estudando em Oxford e uma filha num bom colégio tradicional. Meu pai havia sido um homem de negócios bastante conhecido. Meu sogro era um político de primeira grandeza, que cumprira suas obrigações para com o partido.

Eu era razoavelmente bem-apessoado. Não era bonito o suficiente para que a fama de meus possíveis dotes físicos me precedesse, como uma má reputação não merecida, mas o suficiente para fazer boa figura na televisão – a nova arena dos gladiadores. Nela, aqueles que combatem até a morte política não saúdam César, mas o povo, a quem estão prestes a trair. Isto dá às massas uma ilusão de poder que serve para esconder o fato de que, por mais sangrenta que possa parecer uma batalha mortal, o político sempre ganha. Numa democracia, algum político, em algum lugar, está sempre ganhando.

Eu pretendia ser o político vencedor. O meu empenho era grande. Fui eleito e subi para os escalões superiores com a mesma facilidade que havia acompanhado todas as minhas escolhas anteriores. Acreditava tanto na minha causa quanto acreditava na Medicina. Mas nenhum dos dois empenhos me havia custado coisa alguma. Tempo, para um homem que nunca sentiu verdadeiramente um único segundo, não é um grande sacrifício; tampouco o é o esforço que traz resultados recompensadores; nem a energia despendida por um homem de meia-idade e saúde perfeita.

Na política, comprometi-me a respeitar os mesmos velhos valores que havia praticado numa clínica movimentada – honestidade, uma espécie de integridade irritadiça, uma total falta de interesse em adquirir poder pessoal, combinadas com a arrogância enlouquecedora daquele que sabe que, se decidir jogar, vai ganhar.

Evitei todos os pressupostos básicos sobre os quais a vida parlamentar está baseada. A lealdade ao partido como forma de autopromoção, a troca de favores, o reconhecimento e a aceitação relutante de líderes emergentes – os senhores do futuro, que precisam ser reconhecidos e receber juramentos de lealdade de seus vassalos: eu achava tudo isso repugnante.

Entretanto, mostrar-se sem ambição em meio aos ambiciosos é um convite ao ódio ou ao medo. Tomar parte no jogo, mas não jogar para ganhar, é ser o inimigo.

Era improvável, mas não impossível, que eu viesse a emergir no topo. Tudo que eu precisava era a lâmina afiada. Talvez eu não a tivesse. Ou talvez ela estivesse apenas escondida. Tornei-me um enigma para os meus colegas – um homem aparentemente significativo, mas sem um significado. Minhas habilidades evidentes ainda não haviam sido postas à prova, mas meus colegas e eu tínhamos consciência de que, se a oportunidade aparecesse, provavelmente teria como resultado o sucesso. Mas por que haveria de se dar a mim a oportunidade? Ao contrário de tantos outros, não ansiava por isso.

Não encontrara a chave de mim mesmo em nenhuma das minhas carreiras – médica ou política. Levei a cabo as horas de consultas distritais com o mesmo envolvimento absoluto com que havia tratado os meus pacientes. Mas era o absoluto racional do intelecto. Nenhum esforço parecia demasiado grande para deliberar sobre determinado assunto ou tomar providências a respeito de outro.

Minha eficácia, minúcia e experiência criaram um respeito e uma espécie de confiança. Eu estava realizando bem o trabalho, não havia qualquer dúvida a respeito disso. Manifestava-me publicamente sobre os assuntos que me pareciam merecer comentários. Dizia o que pensava e pensava o que dizia. Não media as conseqüências políticas, ou, pelo menos, não desnecessariamente. Por outro lado, os assuntos sobre os quais me manifestava em público de maneira mais enérgica eram muito pouco fundamentais à disciplina partidária. Minhas idéias eram atraentes para a grande maioria da esquerda conservadora.

Nunca enfrentei um sério dilema moral. Nada que eu sentisse ou dissesse era extremo, ou me deixava completamente excluído, num limbo. Todas as opções, exceto as da extrema direita, ainda estavam abertas para mim. Se eu tivesse planejado uma vida política perfeita, não poderia ter funcionado melhor.

Logo me foi dado o posto de assistente ministerial no Departamento de Saúde Pública, para o qual eu era, obviamente, indicado. Meu rosto preocupado e minha voz bem-educada, declamando clichês vagamente liberais aceitáveis, apareceram na televisão. Ou, então, o meu olhar sincero podia ser visto em fotografias de jornais e revistas, acompanhando declarações que eu fizera, dizendo coisas em que sempre acreditara, passando a imagem de uma pessoa de conduta franca e genuína. Conheci a geografia pública da minha alma a partir da televisão e dos jornais. Não foi vergonhoso nem prazeroso, apenas mais um cenário perfeito. Eu mesmo reconhecia que, se continuasse com aquela performance durante algum tempo, acabaria brilhando ainda mais alto, com o passar dos anos.

Uma pesquisa, publicada num jornal de domingo, me apontou com um dos possíveis futuros primeiros-ministros. Ingrid ficou entusiasmadíssima. Meus filhos ficaram embaraçados.

Eu representava os papéis que me eram solicitados como um ator profissional de uma boa companhia teatral inglesa. Confiável, competente, orgulhoso do meu trabalho, mas tão distante da magia de um Olivier ou de um Gielgud a ponto de não parecer, de forma alguma, ser um representante da mesma profissão.

A paixão que transforma a vida e a arte não parecia me ser destinada. Mas, essencialmente, minha vida foi um papel bem representado.

6

Meu filho era um belo rapaz. Se eu possuía certa corpulência, em Martyn isto fora ajustado pela herança do corpo esguio e elegante de Ingrid. Nele se combinavam altura e força. A palidez excessiva de Ingrid estava lá; meus cabelos e olhos escuros pareciam contrabalançar a delicadeza quase que feminina de sua pele. Seu rosto era de um contraste de cores dramático, pouco comum na Inglaterra e exatamente o oposto do da irmã. Sally era aquele milagre raro, e no entanto comum, a verdadeira rosa da Inglaterra.

A beleza em nossos filhos é perturbadora. Existe nela um excesso implícito que traz suspeitas aos pais, cuja maioria gostaria que suas filhas fossem atraentes e seus filhos, viris. Mas a verdadeira beleza é desconcertante. Da mesma forma que a genialidade, nós a desejamos em outra família.

A bela figura física e a elegância de Martyn me perturbavam e causavam embaraço. Seus casos amorosos eram tão evidentemente superficiais que me surpreendia o fato de suas namoradas não verem perigo em se envolverem com ele. A sucessão de moças que Ingrid e eu conhecíamos em almoços de domingo ou em festas ocasionais parecia jamais chegar ao fim. Eu me dava conta de que meu filho era sexualmente promíscuo. Sem sombra de dúvida, ele era indiferente aos muitos olhares apaixonados lançados em sua direção. Ingrid divertia-se com tudo aquilo, eu já não achava tanta graça.

A postura dele com relação à vida, quando deixou a universidade, me entristeceu. A Medicina não lhe interessava, a política não o atraía. Queria ser jornalista – a posição de espectador da vida, em minha opinião. Era muito ambicioso e determinado no que dizia respeito à sua carreira, mas sua ambição era totalmente voltada para ele mesmo. Em nenhum momento enganou a si mesmo, ou a nós.

Conseguiu um emprego num pequeno jornal local onde, curiosamente e talvez para sua decepção, lhe deram o cargo de correspondente político. Aos 23 anos, empregou-se como jornalista assistente num grande jornal londrino. Abandonou o pequeno apartamento que havíamos construído para ele em cima da garagem e foi morar sozinho.

Ingrid ficou satisfeita com o sucesso e a determinação de Martyn. Era um contraste bastante lisonjeiro, se comparado com os filhos de nossos amigos, que pareciam tão inseguros com relação a tudo. Para mim, entretanto, ele continuou sendo um enigma. Às vezes, eu o olhava e lembrava a mim mesmo que era meu filho. Ele costumava me olhar de volta, com uma expressão indagadora, e sorrir. Eu tinha consciência de que com Martyn o meu desempenho era apenas adequado.

Com Sally me saía um pouco melhor. Era estudiosa, aplicada e afetuosa. Desenvolveu ao máximo seu pequeno talento para a pintura e tornou-se assistente no departamento de arte de uma editora.

Assim, ali estava um casamento com seus contornos bem delineados. Eu era um marido fiel, ainda que não apaixonado, e agia de maneira carinhosa e responsável com relação aos meus filhos. Tinha cuidado para que chegassem com conforto e segurança ao princípio da vida adulta. Minhas ambições, em campos importantes e respeitados, tinham-se realizado. Eu possuía dinheiro suficiente, proveniente de renda e fortuna pessoal, para estar distante de preocupações financeiras.

Que homem poderia ser mais afortunado?

Eu havia obedecido às regras e fora recompensado.

Direção firme e objetiva, alguma sorte, e ali estava eu, com 50 anos e completamente realizado.

7

Algumas vezes tenho ficado examinando as velhas fotografias dos rostos sorridentes de vítimas, buscando neles, desesperadamente, algum sinal de que soubessem. Certamente, devem ter sabido que dentro de poucas horas ou dias sua vida iria acabar naquele acidente de automóvel, naquele desastre de avião ou naquela tragédia doméstica. Mas não consigo encontrar nenhum tipo de sinal. Nada. Suas feições estão serenas, numa terrível advertência para todos nós.

"Não, eu não sabia. Exatamente como você... não houve nenhum sinal."

"Eu, que morri aos 30... também tinha feito planos para quando chegasse aos 40."

"Eu, que morri aos 20, tinha sonhado, como você sonha, com rosas em volta de uma casa de campo algum dia. Poderia acontecer com você. Por que não? Por que eu? Por que você? Por que não?"

De forma que eu sei que, em quaisquer fotografias minhas que tenham sido tiradas naquela época, o meu rosto estará com a expressão confiante, um tanto quanto fria, mas basicamente inocente. É o rosto de um homem que eu não consigo mais compreender. Conheço a ponte que me liga a ele, mas o outro lado desapareceu. Desapareceu como um pedaço de terra qualquer que o mar engoliu. Talvez restem alguns traços na praia, vistos quando a maré está baixa, apenas isto.

– Ela parece mais velha do que você. Não muito, mas quantos anos ela tem?

– Trinta e três.

– Bem, então é oito anos mais velha do que você, Martyn.

– E daí?

– E daí nada. Só o fato de que ela é oito anos mais velha do que você.

– De quem vocês estão falando? – perguntei. Estávamos na cozinha.

– De Anna Barton, a mais recente namorada de Martyn.

– Ah! Esta é nova, não é?

– Ah, meu Deus! Vocês falam como se eu fosse uma espécie de Casanova.

– E não é?

– Não – a voz de Martyn soou entristecida. – Ou, se já fui, um dia, isso está acabado. Bem, de qualquer maneira, eu jamais conheci alguém que me tocasse.

– E ela toca?

– Quem?

– Essa tal de Anna Burton.

– Barton. Anna Barton. Eu só a conheço há poucos meses. Bem, ela é mais importante do que as outras.

— Mais inteligente também – disse Sally.

— Ah, você saberia reconhecer uma moça inteligente, não saberia, Sally? Teria que ser, sem dúvida, um pouco parecida com você.

— Existem muitos tipos diferentes de inteligência, Martyn. A minha é artística. A sua é com as palavras. É apenas isso. Mas você não seria capaz de desenhar um gato nem que fosse para salvar sua vida.

A Sally que costumava corar ou então chorar sob os ataques ferinos de Martyn tinha desaparecido fazia tempo. Não era muito ligada ao irmão e não dependia dele em absoluto. A conversa sobre Anna Barton foi abandonada tranqüilamente com o bate-papo de domingo, depois do almoço. Ninguém mais se referiu a ela, nem Martyn, nem Sally.

— Então quer dizer que você não gosta dessa tal de Anna? – perguntei a Ingrid, enquanto nos preparávamos para ir dormir.

Ela fez uma pausa durante um longo tempo e depois disse:

— Não. Não gosto.

— Por quê? Certamente, não há de ser só porque ela é oito anos mais velha do que Martyn.

— Em parte. Não, é que ela me deixa apreensiva.

— Ora, provavelmente não vai dar em nada. Você conhece Martyn; deve ser apenas mais um de seus flertes.

— Não, é mais sério, tenho certeza.

— É? E como foi que perdi a oportunidade de conhecê-la?

— Ela esteve aqui algumas vezes, no mês passado, quando você estava em Cambridge. Depois num jantar, em outra ocasião, quando você estava em Edimburgo.

— É bonita?

— Tem uma aparência estranha. Não é realmente bonita. Achei que aparenta a idade que tem; hoje em dia, não são muitas as moças assim.

– Você é uma que não aparenta – falei, já meio entediado com a conversa a respeito de Anna Barton; e era evidente que o assunto incomodava Ingrid.

– Obrigada – ela sorriu para mim.

E Ingrid realmente não parecia estar perto dos 50 anos. Continuava a mesma beldade loura e esguia, apenas com um pouco menos de lustro. Os olhos tinham perdido um pouco o brilho, mas era, sem dúvida, uma bela mulher. Uma mulher que continuaria sendo bonita ainda por muitos anos. Ainda parecia inexpugnável como outrora. Loura, contida, distante, bonita. Minha mulher, Ingrid, filha de Edward e mãe de Martyn e Sally.

A sua vida e a minha tinham seguido linhas paralelas durante todos aqueles anos. Sem acidentes, sem sinais ignorados. Éramos um casal civilizado, aproximando-se tranqüilamente dos anos finais e da velhice.

8

— Anna Barton, permita-me apresentar-lhe Roger Hughes.

– Muito prazer.

A apresentação sendo feita às minhas costas parecia ter lugar numa sala silenciosa. Na realidade, eu estava numa festa de Natal concorridíssima, oferecida pelo editor de um jornal. A cada fim de ano, na galeria de sua mulher, situada no bairro elegante de Mayfair, ele convocava festivamente os personagens de seu mundo para um abraço sedutor e perigoso. Depois todos eram lançados em queda livre no ano que se iniciava, como se todas as aflições que o seu jornal causaria àqueles convidados, até o próximo Natal, já estivessem perdoadas.

Por que eu não me virei? Por que, cedendo a uma curiosidade natural, ou por simples gentileza ou interesse, não me aproximei daquela moça? Por que razão "muito prazer" parecia soar de maneira tão significativa? A formalidade parecia ser deliberada. A voz dela era grave, clara e inamistosa.

– Anna, quero que você veja isto.
– Olá, Dominick.

Uma outra voz a chamava e ela pareceu ter-se afastado silenciosamente. Senti-me inquieto, em desarmonia com tudo. Estava me preparando para as despedidas quando, de repente, ela apareceu na minha frente e disse:

– Você é o pai de Martyn. Sou Anna Barton e achei que deveria me apresentar.

A mulher que estava diante de mim era alta, de pele pálida, com os cabelos negros ondulados e curtos penteados para trás. Estava vestida de preto e não sorria.

– Olá, tenho muito prazer em conhecê-la. Parece que estive viajando em todas as ocasiões que você esteve lá em casa.

– Só estive lá três vezes. Você é um homem ocupado.

A resposta deveria ter-me parecido brusca, mas isso não aconteceu.

– Há quanto tempo conhece Martyn?
– Não muito.
– Ah, compreendo.
– Nós nos tornamos... – ela hesitou – ... íntimos há cerca de três ou quatro meses. Já o conhecia antes, por causa do trabalho. Trabalhamos no mesmo jornal.

– Ah, sim. Achei que reconhecia o seu nome quando o ouvi pela primeira vez.

Ficamos ali em silêncio e desviei o olhar; depois tornei a encará-la. Olhos cinzentos enfrentaram os meus, mantendo a estes e a mim completamente imóveis. Depois de um longo tempo ela disse:

– Mas que estranho!
– Pois é – retruquei.
– Agora vou indo.
– Adeus – respondi.

Ela se virou e foi embora. O corpo esguio vestido de preto pareceu ir entalhando o caminho através da sala apinhada de gente, e desapareceu.

Uma calma silenciosa pareceu se apoderar de mim. Dei um profundo suspiro, como se tivesse acabado, repentinamente, de me despir de uma pele. Senti-me velho e satisfeito. O choque do reconhecimento tinha passado através do meu corpo como a corrente de uma violenta descarga elétrica. Apenas por um momento eu encontrara alguém da minha espécie, um outro membro da minha raça. Reconhecêramos um ao outro. Eu ficaria grato por isso, e deixaria que passasse.

Eu me sentira em casa. Só por um momento, mas durante mais tempo do que a maioria das pessoas. Era o suficiente, suficiente para o resto da minha vida.

É claro, não poderia ser o suficiente. Mas, naquelas primeiras horas, apenas sentia-me grato pelo fato de o momento ter ocorrido. Era como um viajante perdido numa terra estranha e que, de repente, ouve não apenas sua língua nativa, mas o dialeto regional que costumava falar quando criança. Não pergunta se aquela voz pertence a um amigo ou inimigo, simplesmente corre em direção ao som doce de sua pátria, do seu lar. Minha alma correra para Anna Barton. Acreditei que numa questão de natureza tão íntima, entre mim e Deus, poderia deixar que as coisas seguissem livremente seu curso, sem temer causar danos ao coração ou à mente, ao corpo ou à vida.

É nesse erro essencial que muitas vidas tropeçam. Na idéia absolutamente equivocada de que temos o controle. De que podemos escolher ir ou ficar, sem sofrer nenhuma agonia. Afinal, eu só havia perdido a minha alma em segredo, no meu íntimo, no meio de uma festa, onde os outros não podiam ver.

Ela me telefonou no dia seguinte.

– Vou aparecer para o almoço no domingo que vem. Queria que você soubesse.

– Obrigado.

– Adeus – o telefone foi desligado.

No sábado, uma insanidade tomou conta de mim. Fiquei convencido de que iria morrer antes que chegasse o domingo. A morte me privaria do domingo. Naquele momento, domingo era tudo o que eu queria. Pois no domingo eu estaria sentado na mesma sala que Anna Barton.

No domingo de manhã, no que me parecia a prisão do meu escritório, esperei, imóvel, o ruído de portas de carro batendo, o som do portão de ferro raspando nas pedras da calçada e pela campainha tocando, que primeiro me dariam o aviso, depois me dariam a ordem de comparecer diante da presença dela em minha casa.

Ouvi o som de meus passos no chão de mármore da entrada quando fui andando até a sala e, mais alto do que o som do riso, o clique metálico da maçaneta, quando abri a porta para me juntar à minha família e a Anna.

Estavam à minha espera, e enquanto Martyn, com o braço em volta dos ombros dela, dizia "Papai, esta é Anna", Ingrid nos encaminhava apressadamente para a sala de jantar. Ninguém pareceu perceber que o ritmo da minha respiração mudara.

Sentamo-nos para almoçar: Ingrid, Sally, Anna e eu, e Martyn.

Mas é claro que, na realidade, Ingrid e eu nos sentamos com Sally. E Martyn – um Martyn diferente, tímido, visivelmente apaixonado – sentou-se com Anna.

Anna se comportou comigo como qualquer moça inteligente faria ao encontrar pela primeira vez o pai do namorado. Namorado? Devem ser amantes. É claro que são. Eles são amantes. Estão juntos há meses. Amantes, é claro.

Nenhum de nós mencionou nosso encontro, Anna escondeu até o mais leve traço de reconhecimento de que tal encontro tivesse ocorrido. A discrição dela, tão tranqüilizadora a princípio, naqueles primeiros minutos, agora havia se tornado motivo de angústia. Que espécie de mulher é capaz de ser uma atriz tão perfeita? Como é que ela podia ser tão convincente?

O corpo vestido de preto parecia ainda mais longilíneo hoje do que na festa de Natal, levemente ameaçador, assustador mesmo, quando ela caminhou da sala de jantar à de visitas, para tomar o café. Esta é nossa primeira etapa, pensei, a barreira inicial. Atenção comigo, atenção, sou igual a você.

– Estamos pensando em ir a Paris, para passar o fim de semana – anunciou Martyn.

– Quem?

– Anna e eu, claro.

– É minha cidade favorita – Anna sorriu para Ingrid.

– Ah, eu acabo nunca aproveitando realmente tanto quanto esperava. Alguma coisa sempre dá errado conosco, a cada vez que vamos a Paris – comentou Ingrid.

Era verdade. Todas as vezes que fomos a Paris, uma bolsa foi roubada, sofremos um pequeno acidente de automóvel ou Ingrid ficou doente. Ela havia se desencantado com Paris. Era um ideal que nunca fora totalmente realizado.

Fiquei ouvindo toda essa conversa calmamente. Sorri quando Ingrid disse a Martyn que era uma ótima idéia.

A superfície continuava tranqüila, mas o chão estava começando a ficar menos firme sob os meus pés. Uma falha, escondida por muito tempo, começava a se mostrar. Ocorrera um minúsculo tremor, de curtíssima duração, tão pequeno que quase não era digno de registro. Mas a dor que senti explodir em mim fora tão intensa que tive certeza de que agora, de fato, um dano real estava sendo causado.

Não sabia dizer com exatidão que tipo de dano, se poderia vir a me recuperar, nem quanto tempo seria necessário para isso. Bastava saber que eu era menos o homem que havia sido e mais eu mesmo... um ser novo e estranho.

Agora eu era um mentiroso para a minha família. Uma mulher que conhecera havia apenas alguns dias, a quem tinha dirigido somente algumas poucas palavras, me viu trair minha mulher e meu filho. E ambos sabíamos que o outro sabia. Parecia ser um elo nos unindo. Uma verdade oculta: é nisso que se resume uma mentira.

Seja por omissão, seja por ação, nunca fazemos nada além de ocultar, obscurecer. A verdade permanece sob as plantas rasteiras, esperando para ser descoberta. Mas nada foi revelado naquele domingo. A pequena mentira, que foi a primeira traição, pareceu afundar cada vez mais, coberta pelo riso, pelo vinho e pelo dia.

— E, então, o que achou dela? — Ingrid me perguntou depois que eles se foram.

— De Anna?

– De quem poderia ser?
– Ela é estranha.
– Pois é, agora você pode ver por que ando preocupada. Martyn está completamente desnorteado nessa história. Não é apenas o fato de ela ser mais velha... existe alguma outra coisa. Não consigo definir muito bem por que, mas Anna não é mulher para Martyn. E é claro que ele nem se dá conta disso. Está completamente enfeitiçado. Imagino que seja coisa de sexo.

Fiquei gelado.

– Ah!

– Ora, vamos, é claro que ela está dormindo com ele. Meu Deus, Martyn já teve mais mulheres do que...

– Do que eu.

– Espero que tenha tido mesmo – disse Ingrid, vindo me abraçar. Mas aquela conversa me arrasara. Dei-lhe um beijo afetuoso e fui para o meu escritório.

Fiquei ali de pé, junto à janela, observando escurecer. Anna agora estava dentro de minha casa. Esvoaçava de um quarto para o outro, adentrando por todos os aposentos, interpondo-se entre Ingrid, Martyn e eu. No entanto, nada havia acontecido, nada mesmo. Exceto, é claro, a descoberta de sua presença neste mundo.

Ela era aquela experiência de uma fração de segundo que modifica tudo – o acidente de automóvel, a carta que não deveríamos ter aberto, o caroço no seio ou na virilha, o clarão que cega. No meu palco bem ordenado as luzes se acenderam, e talvez, finalmente, eu estivesse esperando nos bastidores para entrar em cena.

9

— Martyn vai aparecer de novo para almoçar, no domingo. Acho que ele tem alguma novidade para nos contar.

– O que é?

– Espero que não tenha decidido se casar com Anna, mas estou com medo de que seja isso.

– Casar-se com ela?

– É. Havia alguma coisa diferente na voz dele... Ah, não sei, pode ser que eu esteja enganada.

– Martyn não pode se casar com ela.

Por que será que aqueles a quem amamos durante a metade de nossas vidas não percebem quando a devastação nos ameaça? Como é que eles podem simplesmente não saber?

– Meu Deus, você parece um pai vitoriano! Ele tem mais de 21 anos, pode fazer o que bem entender. Não gosto daquela moça, mas conheço Martyn. Se ele, de fato, a quiser, ele a terá. Herdou a determinação do pai.

Reparei que ela não falara da minha determinação.

– Bem, teremos que esperar até domingo – suspirou.

A conversa estava encerrada. Meus pensamentos partiram selvagens, para uma batalha interna. Fui ferido, me defendi, e lutei de novo comigo mesmo. Silenciosamente, enquanto fingia estar lendo, a batalha prosseguia com fúria. Fui tomado pela raiva e pelo medo. Medo de que nunca mais fosse capaz de recuperar o controle sobre mim mesmo, de que agora estivesse totalmente desestruturado, e por uma tempestade de tamanha violência que, ainda que houvesse uma possibilidade remota de sobrevivência, eu sofreria um dano permanente, estaria debilitado para sempre.

Eu não havia falado, não a tocara ou possuíra. Mas a reconhecera. E, nela, reconhecera a mim mesmo.

Precisei sair de casa e caminhar. A tranqüilidade forçada daquele quarto era uma agonia. A dor só poderia ser suportada com o movimento constante e ininterrupto.

Toquei de leve a testa de Ingrid e saí de casa. Como é que você pode não saber? Será que não percebe, não vê, não sente o cheiro, o gosto da desgraça à espreita pelos cantos desta casa? Esperando ali, no fundo do jardim?

Estava exausto quando voltei. Dormi como um animal pesado que não tem certeza de que vai conseguir levantar-se outra vez.

10

— Alô, aqui é Anna.

Esperei em silêncio, sabendo que em minha vida agora havia um fim e um princípio. Sem saber quando o princípio chegaria ao fim.

– Onde você está? Vá para casa. Estarei lá dentro de uma hora – pedi. Anotei o endereço e desliguei o telefone.

Em Londres, existem enclaves de casas privilegiadas, escondidos, esplêndidos pela discrição. Observei a silhueta de meu corpo, refletida na porta negra reluzente, enquanto tocava a campainha e esperava para entrar na pequena, despretensiosa e, para mim, misteriosa casa de Anna.

Atravessamos silenciosamente o saguão de entrada, pelo carpete cor de mel, com destino à sala de visitas, e nos deitamos no chão. Ela abriu os braços, deixando-os estendidos, as mãos espalmadas, levantou e dobrou as pernas.

Deitei-me sobre ela. Enterrei a cabeça no seu ombro. Pensei em Cristo, ainda preso à cruz que fora deitada sobre a terra. Então, agarrando-lhe os cabelos com uma das mãos, eu a penetrei.

E ali ficamos deitados. Sem dizer uma palavra, sem fazer um movimento, até que finalmente levantei o rosto por sobre o dela e a beijei. E afinal fomos possuídos por aquele ritual antiqüíssimo e eu a mordi, agarrei e abracei, continuamente, vezes seguidas, enquanto nossos corpos subiam e desciam, subiam e desciam, indo até as profundezas mais selvagens.

Mais tarde haveria tempo para a dor e o prazer que a luxúria empresta ao amor. Tempo para descobrir os contornos e os ângulos do corpo que provocam o despertar surpreendido do habitante primitivo, fazendo com que, maravilhado e cheio de deleite, abandone a pele civilizada e arraste com violência a mulher para si. Haveria tempo para palavras obscenas e perigosas. Haveria tempo para a gargalhada cruel que excita e para fitas coloridas amarrarem os membros, obrigando a uma subjugação doentia e excitante. Tempo haveria para que flores desconcertassem os olhos e para que a maciez sedosa tapasse os ouvidos. E tempo ainda, naquele mundo silencioso e escuro, para o grito do homem solitário, que havia temido o exílio eterno.

Mesmo que nunca mais tivéssemos voltado a nos encontrar, minha vida estaria perdida na contemplação do esqueleto que emergia através da minha pele. Era como se os ossos de um homem tivessem brotado de seu rosto, revelando a face do lobisomem que, resplandecente de humanidade, estivesse percorrendo, a passadas largas e arrogantes, sua vida de escuridão noturna rumo ao primeiro dia.

Lavamo-nos separadamente. Fui embora sozinho, sem dizer uma palavra. Percorri a pé o longo caminho até em casa. Observei Ingrid com o olhar fixo, quando veio me receber, e balbuciei alguma coisa a respeito de precisar descansar por algumas horas. Tirei a roupa, me deitei na cama e adormeci imediatamente. Dormi direto, até a manhã seguinte, 12 horas ininterruptas, uma espécie de morte, talvez.

11

— Carneiro ou carne de boi? – perguntou Ingrid.
– O quê?
– Faço carne de carneiro ou de boi para o almoço de domingo, com Martyn e Anna?
– Ah! O que você achar melhor.
– Carneiro, então. Ótimo, está resolvido.

Anna estava de branco no dia do almoço. Fazia com que ela parecesse maior. A inocência sugerida pela simplicidade do vestido branco perturbava a outra imagem que eu tinha dela. Libertava minha memória de seu poder secreto. Era o seu outro ego; o ego que tratava Ingrid com atenção e cuidado, conseguindo obter dela, em troca, ainda que de má vontade, um certo respeito; que olhava para Martyn demoradamente, de maneira franca; que conversava comigo tranqüilamente a respeito de comida, de flores e do tempo; que falava tão bem que ninguém poderia ter adivinhado a verdade.

Embora Ingrid estivesse na expectativa de um anúncio de noivado, este não aconteceu. Eles se foram às quatro horas, depois de se recusarem a ficar para o chá.

— Achei Martyn tenso — Ingrid dera início à autópsia de rotina.
— É mesmo? Não reparei.
— Não? Pois estava. Ele olha para ela com uma leve expressão de súplica. Não deixa dúvida de quem é o amante e de quem é o amado. Ela me pareceu um pouco menos estranha: mais aberta, mais simpática. Pode ter sido o vestido. O branco sempre desarma a gente.

Bravo pela esperteza, Ingrid, pensei. Você ainda consegue me surpreender.

— Talvez essa história acabe não dando em nada. Ah, meu Deus, espero mesmo que não dê. Realmente, eu não poderia suportar sequer a idéia de tê-la como nora. E você?

Hesitei. A idéia me parecia demasiado grotesca. Um conceito absurdo, completamente fora dos limites da possibilidade. Mas a pergunta exigia uma resposta.

— Não, acho que não — respondi. E encerramos o assunto.

12

Banhei o rosto de Anna, que estava afogueado e úmido de suor, e espremendo a esponja deixei a água escorrer sobre o seu cabelo. Durante horas, havíamos travado uma batalha com as barricadas do corpo. Encerrada a batalha, deitei-me ao seu lado.

— Anna, por favor... fale comigo... quem é você?
Houve um longo silêncio.
— Eu sou o que você deseja — disse ela.
— Não. Não foi isso o que eu quis dizer.

– Não? Mas para você isto é o que eu sou. Para outras pessoas, sou algo diferente.

– Outras pessoas? Algo diferente?

– Martyn. Minha mãe, meu pai. – Uma pausa prolongada. – Minha família. Amigos recentes e velhos amigos. É a mesma coisa com todo mundo. Com você também.

– E Martyn tem maiores conhecimentos, mais informações? Já foi apresentado aos seus pais, conhece sua família?

– Não. Uma vez ele me pediu. Disse-lhe que me amasse como se me conhecesse. Se não fosse capaz... bem, então...

– Quem é você?

– Tem mesmo que perguntar? Tudo bem, é simples. O nome de minha mãe é Elizabeth Hunter. É a segunda mulher de Wilbur Hunter, o escritor. Vive muito bem e é muito feliz com Wilbur, morando na costa oeste dos Estados Unidos. Há dois anos que não a vejo. Isto não me causa nenhum sofrimento, tampouco creio que a incomode. Nós nos escrevemos ocasionalmente, eu telefono no Natal, na Páscoa e nos aniversários. Meu pai era diplomata. Viajei muito, quando criança. Estudei em um colégio interno, em Sussex, costumava passar as férias nos lugares mais diversos. Não fiquei abalada quando meus pais se divorciaram. Meu pai, embora aparentemente tenha ficado angustiado e infeliz quando minha mãe o deixou para ir viver com Wilbur, recuperou-se o suficiente para se casar com uma viúva de 35 anos, mãe de dois filhos. Eles depois tiveram uma filha, Amelia. De vez em quando vou visitá-los em Devon.

– Você era filha única?

– Não.

Esperei.

— Eu tinha um irmão. Aston. Ele se suicidou cortando os pulsos e a garganta no banheiro de nosso apartamento, em Roma. Não deixou margem nenhuma para interpretações errôneas. Não foi um pedido de socorro. Na ocasião, ninguém soube o motivo, mas vou lhe contar. Ele me amava apaixonadamente, e não era correspondido. Tentei consolá-lo, oferecendo-lhe meu corpo... – fez uma pausa. Depois continuou, falando em intervalos bruscos e tom seco: – O sofrimento dele, minha tolice... nossa confusão... Ele se matou. É compreensível. Esta é minha história, contada de maneira simples. Por favor, não volte a fazer perguntas. Contei a você como uma advertência. Tudo isso me marcou muito profundamente, deixou marcas indeléveis que não se pode apagar. Sou uma pessoa marcada. Pessoas marcadas são perigosas. Sabem que podem sobreviver.

Por um longo tempo, ficamos em silêncio.

— Por que você disse que "é compreensível" o fato de Aston ter se matado?

— Porque compreendo os motivos dele. Carrego em meu íntimo essa compreensão e conhecimento. Não é nenhum tesouro guardado de modo ciumento. Apenas uma história que eu não queria contar, a respeito de um garoto que você não conheceu.

— E isso a transforma numa pessoa perigosa?

— Todas as pessoas marcadas são perigosas. A sobrevivência faz com que se tornem perigosas.

— Por quê?

— Porque não têm piedade. Sabem que outros podem sobreviver, da mesma forma que elas.

— Mas você me avisou.

— Sim.

— E isso não foi um ato de piedade?

— Não. Você já foi tão longe nesse caminho que chegou a um ponto em que qualquer advertência é inútil. Vou me sentir melhor por ter lhe contado, embora o momento não seja propício.

— E Martyn?

— Martyn não precisa de avisos ou advertências.

— Por que não?

— Porque Martyn não faz perguntas. Ele se contenta em estar comigo, permite que eu tenha os meus segredos.

— E se ele descobrisse a verdade?

— Que verdade?

— Você e eu.

— Ah, essa verdade. Existem outras.

— Você parece atribuir a Martyn qualidades de autossuficiência e maturidade que não percebi que ele tivesse.

— Não. Você não percebeu.

— E se estiver enganada a respeito dele?

— Seria uma tragédia.

Sobre o corpo de Anna tenho pouco a dizer. Era simplesmente essencial. Não podia suportar a ausência dele. O prazer era incidental, um evento secundário. Jogava-me sobre ela como sobre a terra, e obrigava cada um dos membros de seu corpo a alimentar minha fome, minha carência, e eu a observava crescer, tornar-se tanto mais poderosa quanto mais me proporcionava. Faminto, às vezes eu a mantinha a distância, segurando-a pelos cabelos ou por um seio, doente de raiva pelo fato de que podia ter o que queria.

E cada novo encontro com ela tecia mais um ponto na trama da certeza de que minha vida já se acabara. E se acabara na fração de segundo em que meus olhos pousaram nela pela primeira vez.

Foi tempo roubado à vida. Como um ácido, escorreu, penetrando todos os anos por mim vividos, queimando e destruindo.

13

Eu abrira uma porta para uma câmara secreta. Seus tesouros eram imensos, seu preço seria terrível. Sabia que todas as defesas que havia construído com tanto cuidado – esposa, filhos, casa, vocação – eram fortificações e trincheiras construídas sobre a areia. Não tendo conhecimento de nenhum outro caminho, minha jornada fora feita através dos anos buscando e abraçando os marcos e limites da normalidade.

Será que eu sempre soube da existência dessa alcova secreta? Seria o meu pecado, em princípio, a falsidade? Ou, mais provavelmente, a covardia? Mas o mentiroso conhece a verdade. O covarde conhece seu medo e foge.

E se eu não tivesse conhecido Anna? Ah, quanto não teria sido poupado àqueles que sofreram tamanha devastação por intermédio de minha mão!

Mas conheci Anna. E tive que fazê-lo, e abrir aquela porta, e entrar na minha câmara secreta. Queria sentir minha passagem pela Terra, agora, já tendo ouvido a canção que canta da cabeça aos pés e experimentado a selvageria impetuosa que arrasta, rodopiando, os dançarinos para longe dos olhares chocados dos espectadores; descera cada vez mais fundo e subira cada vez mais alto no interior de uma realidade singular – a explosão estonteante do ego.

Que mentiras seriam impossíveis? Que confiança poderia ser tão preciosa? Que responsabilidade seria tão grande a ponto de negar existência àquela oportunidade única na eternidade? Infelizmente para mim, e para todos os que me conheciam, a resposta era... nenhuma.

Começar a existir através da mão de uma outra pessoa – como eu pela mão de Anna – tem como conseqüência estranhas e inimagináveis necessidades. Respirar se tornava mais difícil na ausência dela. Eu sentia, literalmente, que estava nascendo. E porque o nascimento é, por natureza, violento, nunca procurei e tampouco encontrei gentileza.

Os limites externos de nossa existência são alcançados através da violência. A dor se transforma em êxtase. Um olhar se transforma numa ameaça. Um desafio íntimo, mais profundo do que olhares ou palavras, que só Anna e eu podíamos compreender, nos arrastou, fazendo com que continuássemos, seduzidos pelo poder de criar nosso magnífico universo particular.

Ela nunca gritava de dor. Pacientemente submetia-se aos tormentos vagarosos de minha adoração. Às vezes, com os membros aprisionados em ângulos impossíveis, como se numa roda de tortura inventada por minha imaginação, estoicamente suportava o peso de meu corpo. Olhos escuros, figura materna, infindável criadora daquilo que a feria.

14

— Eu talvez tenha que ir a Bruxelas na sexta-feira.

Ingrid e eu estávamos tomando um drinque, antes do jantar, na sala de visitas.

- Ah, não! Por quê? Esperava que pudéssemos ir a Hartley, ver papai. Estava com vontade de passar um fim de semana tranqüilo e agradável no campo. Achei que você poderia dar um jeito de aparecer, pelo menos no domingo – a voz de Ingrid soava cheia de desapontamento.

– Sinto muito, realmente lamento. Adoraria ir a Hartley. Mas vai haver uma reunião de fundamental importância e tenho que estar presente. E, aproveitando-se da minha presença, George Broughton já marcou dois almoços. E um jantar, com os nossos companheiros holandeses. Vá você a Hartley. Você e Edward costumam sempre se divertir tanto juntos... Não conheço outro pai e filha que se dêem tão bem e sejam tão unidos quanto vocês.

Ingrid deu uma risada. Ela e Edward, de fato, tinham uma intimidade e uma facilidade de relacionamento realmente extraordinárias. Com freqüência, sentia-me um intruso. E Hartley era agradável. Edward havia comprado a propriedade no início de sua carreira e levara a esposa, quando recém-casados, para viver lá.

– Vou perguntar a Sally se pode ir.
– É uma boa idéia.
– Talvez ela possa convidar o novo namorado. Não sei se o namoro é sério, mas o rapaz é bem simpático. É filho de Nick Robinson.
– Como foi que ela o conheceu?
– Ele é produtor assistente na rede de televisão – recentemente, Sally deixara a editora para ir trabalhar em televisão.
– Bem, Nick é um homem de boa família, um cavalheiro. Convide Sally para ir e levar o namorado. Vocês todos vão se divertir muito.
– Martyn vai para Paris, com Anna, é claro. Meu Deus, essa história está me parecendo cada vez mais séria.

Estava de costas para ela.

– Onde é que vão se hospedar?

– Ah, num lugar que Anna conhece. Escandalosamente caro e muito na moda, pelo que entendi. L'Hôtel. Sim, acho que é este o nome.

Bebi meu uísque. Tão fácil, tão fácil... Anna tinha se recusado a me dizer. Fazia uma semana que eu não falava com Martyn.

– Aquela menina Anna tem dinheiro, sabe? – Ingrid falou num tom desaprovador.

– Tem mesmo?

– E, evidentemente, não é pouco. Pelo que entendi, herdou do avô. É por isso que pode se dar ao luxo de possuir a casa onde mora, uma antiga estrebaria reformada, e aquele carro caríssimo.

– Bem, Martyn não é exatamente um pobre coitado sem tostão. E ele tem o fundo em fideicomisso instituído por meu pai e Edward.

– Sim, eu sei. Mas aquela menina é do tipo que seria melhor não ter dinheiro.

– Mas que diabo você está querendo dizer?

– É que o dinheiro provoca certas coisas nas mulheres.

– É mesmo? Que coisas? E não se esqueça de que você tinha um bocado de dinheiro quando nos casamos.

– Ah, mas eu não sou Anna. Não importa o que as pessoas digam hoje em dia, mas o casamento requer de uma mulher pelo menos uma conduta denotando algum tipo de dependência. O dinheiro é, às vezes, a moeda em que se traduz essa dependência. Numa mulher discreta, refinada, a independência financeira é velada, e muitas vezes até mesmo escondida por ela. – Ingrid teve a elegância de rir de suas palavras. – Falando sério, aquela menina tem uma personalidade agressiva.

— Não sei por que você continua a se referir a ela como "aquela menina". É uma mulher de mais de 30 anos.

— É verdade, e aparenta a idade que tem. É muito sofisticada, confiante mesmo. Mas tem alguma coisa de mocinha, alguma coisa de menina que ainda está lá, e que a gente vê.

— Ela parece fascinar você – comentei.

Ingrid olhou bem para mim.

— E você? Não se sente fascinado por ela? Entra de repente na vida de Martyn, com mais de 30 anos, solteira... pelo menos ao que se sabe... rica, sofisticada, e tem um caso com ele. Depois de estarem juntos há apenas três ou quatro meses, Martyn está pensando em casamento. Martyn! Martyn, o dom-juan, o notório sedutor!

— Você já falou disso antes. Não vejo nenhum sinal de que seja verdade. Tenho certeza de que esse caso será como todos os outros. Um belo domingo, ele vai aparecer para o almoço com uma outra loura. Pensando bem, antes de Anna, elas eram todas louras – a raiva e o medo distorciam minha voz. Embora tentasse continuar sentado tranqüilamente, tive que me levantar e caminhar até a janela.

— Você está cego. Para um homem tão inteligente...

— Obrigado.

— Ocasionalmente, até brilhante.

— Oh, mais uma vez obrigado, minha senhora.

Ingrid achou graça e deu uma risada.

— Você nunca vê o que está bem na sua frente. Os dias de diversão libidinosa de Martyn com as louras já se acabaram. Apesar de toda a experiência dele, aquela menina o deixou atordoado, completamente enfeitiçado. Ele, com certeza, quer se casar com ela. Disso não tenho dúvida. Quanto às intenções de Anna, bem, são tão misteriosas como tudo mais que se refere a ela.

– Acho que você está enganada. Ainda que Martyn esteja apaixonado, é jovem demais para se casar.

– Pelo amor de Deus, ele já tem 25 anos!

– Bem, mas isso ainda me parece um bocado jovem.

– Quando nos casamos éramos ainda mais jovens.

– Então, tudo bem. Ele não é jovem demais, o problema não é a idade, é só que Anna não é mulher para ele. Tenho certeza disso.

– Ótimo, nós dois temos. Não é uma situação muito agradável, não é verdade? Enquanto nós não gostamos dela, Martyn está apaixonado.

Então Ingrid me olhou de maneira inquiridora.

– É claro que estou presumindo que você também não goste. Aliás, pensando bem, você nunca realmente expressou uma opinião... uma opinião séria, não é mesmo?

Enfrentei seu olhar, encarando-a francamente.

– Acho que não pensei muito a respeito dela. Peço desculpas.

– É melhor ir tratando de começar a pensar agora, querido. Ou então corre o risco de, antes de saber onde está pisando, e, talvez, antes mesmo de ter conseguido formar uma opinião sobre ela, defrontar-se com o fato de tê-la como nora.

Ela olhou para mim atentamente. Tentei sorrir. Com certeza, alguma coisa poderia ser vislumbrada da luta feroz em meu íntimo. Mas meu rosto deve ter revelado pouco.

– Pense no assunto – disse Ingrid. – Acho que dentro em breve você deveria ter uma conversa com Martyn... de homem para homem. Pense sobre o que vai dizer.

– Sim, vou fazer isto.

– Talvez nos intervalos das reuniões em Bruxelas. É mais fácil pensar nas coisas de maneira objetiva quando se está longe do ambiente familiar.

A conversa estava encerrada.

— Vou viajar para Hartley quinta-feira, no final do dia, se você estiver de acordo. Sally pode tomar o trem na sexta à noite.

— Por mim, está ótimo, embarcarei na sexta-feira, de manhã bem cedo.

— Então vamos jantar. Chega de falar de nossos filhos e de seus casos amorosos. Vamos fazer planos para as nossas férias de verão.

15

O desespero que se apoderou de mim, levando-me a deixar Bruxelas e embarcar no trem noturno para Paris, era movido pelo terror de que poderia nunca mais tornar a vê-la. Eu precisava vê-la. Para viver, sabia que precisava vê-la.

E, no entanto, será que não havia planejado tudo aquilo? Tinha levado Ingrid a me dar o nome do hotel deles. Será que eu estava realmente sendo consumido por forças além do meu controle? Ou estaria sendo cúmplice de alguma destruição desejada e necessária? As rodas do trem, reduzindo a pó, em compasso ritmado, os quilômetros que iam me distanciando de Bruxelas, tinham a implacabilidade de uma grande máquina do destino.

Paris parecia conter a atmosfera matinal de uma aldeia que está fazendo os preparativos para uma festa. Cada pessoa sabia como desempenhar seu papel, e quando deveria começar a fazê-lo. Sentei-me num bar e tomei um café com croissants. Então, como se desenhando um mapa na cabeça, fui andando pelas ruas próximas ao L'Hôtel.

Observei e esperei, dedicando uma atenção cuidadosa ao passar do tempo. Jurei a mim mesmo que não telefonaria antes das nove horas.

Lembrei-me de Anna ter dito que se encarregaria de fazer as reservas; de forma que resolvi arriscar.

– *Madame Barton, s'il vous plaît.*
– *Un moment. Ne quittez pas.*

A recepcionista completou a ligação.

– Alô. Vá até o final da rua e vire, seguindo pela *rue* Jacques Callot, ao largo da *rue* de Seine.
– *Oui, bien. Merci.*

Desliguei o telefone.

Tinha sido tão simples! Eu estava tremendo de felicidade e de desejo. Versos de uma canção da infância me vieram à cabeça: "Tudo uma maravilha e um louco, louco desejo."

A expressão maníaca de meu rosto, quando saí da cabine telefônica, assustou uma pessoa que passava. Tentei recompor minhas feições. Passei a mão pelo rosto e me lembrei de que não tinha feito a barba, nem tomado banho. "Tudo uma maravilha e um louco, louco desejo." Ah, o desejo, o desejo...

Encostei-me contra uma parede e examinei uma ruela sem saída, procurando um canto mais afastado, um lugar escondido onde pudesse abraçá-la. Precisava tê-la em meus braços.

Às nove e meia, vi a cabeça de Anna surgir repentinamente, por um segundo, em meio aos rostos sorridentes de uma família reunida. Ela desceu da calçada, ultrapassou aquelas pessoas, andando pela rua, e correu para mim. Eu a puxei para o fundo da ruela e a empurrei de encontro à parede. Me joguei em cima dela. Os braços abertos, esticados sobre a parede, as pernas bem separadas, de forma a permitir que meu corpo inteiro pudesse se comprimir e se esfregar ao máximo sobre o dela. Minha boca e meu rosto mordiam e arranhavam seus lábios, sua pele, suas pálpebras. Lambi a linha de seus cabelos. Deixei que uma de minhas mãos se afastasse da parede e, agarrando-a pelos cabelos, disse, ofegante:

— Tenho que ter você agora.

Ela levantou a saia; estava nua por baixo, e num segundo eu estava dentro dela.

— Eu sei, eu sei – murmurou.

Minutos depois tinha acabado. A tensão que prendia meu corpo ao dela se esvaiu.

Algumas pessoas viraram na esquina. Atravessaram para o outro lado da ruela. Mais uma vez eu tivera sorte. Enquanto nos abraçávamos, Anna e eu parecíamos um casal de amantes num beijo apaixonado. Em Paris, naquele dia, fui perdoado.

Ela ajeitou o vestido, alisando a saia amarrotada. Então tirou da bolsa a calcinha e, com um sorriso repentino de menina, vestiu-a rapidamente.

Olhei para ela e disse gemendo:

— Ah!, Anna, Anna. Eu precisava, eu realmente precisava.

— Eu sei – murmurou de novo. – Eu sei.

Comecei a chorar. Ocorreu-me que não me lembrava de ter chorado depois de adulto. Simplesmente nunca havia acontecido.

— Agora eu tenho que voltar – ela me disse.

— Sim. É claro que sim. Como foi que você conseguiu sair? O que foi que disse?

— Já lhe expliquei isso antes. Martyn não me faz perguntas. Eu disse que queria sair para dar uma volta, caminhar um pouco. Sozinha. – Anna sorriu.

— Mas que força você tem!

– Imagino que tenha. Mas vocês dois vieram a mim. Não fui atrás de nenhum dos dois.

– Não mesmo? Mas você também não nos fez parar.

– E eu poderia, de alguma forma, fazer você parar?

– Não.

– Preciso ir.

– Pensei que tivesse dito que ele nunca lhe faz perguntas.

– Sim, é uma espécie de pacto. Talvez mesmo um acordo, que tento não violar com abusos. Adeus.

– Anna. O que vocês vão fazer hoje? Aonde vão?

– Tenho que ir agora, realmente preciso ir. Martyn e eu estaremos de volta na segunda-feira, no final da tarde. Você não deve ficar em Paris. Eu sei o que você vai fazer... vai ficar nos seguindo. Volte para casa. Por favor.

– Vou voltar. Só quero que você me diga.

– Por quê?

– Para que eu possa pensar em você, e onde está.

– E com quem estou.

– Ainda não. Ainda não pensei a respeito disso. Simplesmente, não consigo ver nada além de você.

– Sabe, acho que você nunca viu mesmo muita coisa. Nunca.

Ela me deu as costas e foi-se afastando. Não olhou para trás. Deixei meu corpo descer, deslizando em direção à calçada, como se fosse um vagabundo bêbado. Fiquei agachado ali, com a cabeça enterrada nas mãos. No final da ruela podia vislumbrar a outra Paris, agora perdida na suavidade da manhã, desfilando com elegância.

Nossa sanidade depende, essencialmente, de uma estreiteza de visão – a habilidade de selecionar os elementos vitais à sobrevivência, ao mesmo tempo em que se ignora as grandes verdades. Assim, o indivíduo vive sua vida cotidiana, sem dar a devida atenção ao fato de que não há garantias de um amanhã. Ele esconde de si mesmo o conhecimento de que sua vida é uma experiência única, que chegará ao fim numa sepultura; que, a cada segundo, vidas tão únicas como a sua começam e acabam. Essa cegueira permite que um padrão de vida se perpetue ao longo do tempo, e são poucos os que desafiam esse padrão e sobrevivem. Por um bom motivo. Todas as leis da vida e da sociedade pareceriam irrelevantes se cada homem se concentrasse diariamente na realidade da própria morte.

E assim, no grande momento de minha vida, a visão se restringia apenas a Anna. O que havia sido – como ela comentara – uma vida de cegueira singular agora necessitava da obliteração impiedosa da minha capacidade de ver Martyn, Ingrid e Sally. Pareciam apenas sombras.

A realidade da existência de Martyn tinha sido aniquilada com extrema e particular brutalidade. Ele era uma imagem numa tela, sobre a qual uma outra imagem fora pintada.

16

Mantenho sempre uma maleta pronta, com uma camisa, cuecas, meias, uma gravata e o estojo de barba.

Minha carreira, que freqüentemente exigia partidas noturnas repentinas, tornara minha "maleta de emergência" uma necessidade. Tendo-me esquecido completamente dela durante a viagem, e nos minutos com Anna, naquele momento apanhei-a na sarjeta onde a largara.

Fui para um banheiro público, onde tratei de melhorar minha aparência.

Quando me observei no espelho, o rosto com a barba por fazer e os olhos fundos pareceram-me apropriados. Era alguém que eu reconhecia, pensei. Senti uma enorme felicidade. Enquanto fazia a barba, senti a máscara ir afrouxando um pouco o aperto. Tive certeza de que algum dia, dentro em breve, iria desaparecer por completo. Mas, agora, ainda não.

Telefonei para o L'Hôtel.

– *Madame Barton, s'il vous plaît; je pense que c'est chambre...*

– *Ah, chambre dix. Madame Barton n'est pas là. Elle est partie.*

– *Pour la journée?*

– *Non, elle a quitté l'hôtel.*

Exatamente como eu havia imaginado.

Deve ter partido imediatamente. Anna, a mulher de ação! Sorri.

Fui até uma livraria e esperei exatamente uma hora.

Telefonei para o hotel.

– *Oui, L'Hôtel réception...*

– Sabe falar inglês?

– Sim, é claro.

– Queria reservar um quarto. Tem algum disponível?

– Por quanto tempo?

– Acabo de saber que devido a um imprevisto terei que passar a noite em Paris. Apenas esta noite.

– Sim, temos um quarto para hoje.

– Ótimo. Guardo boas lembranças de uma outra temporada em seu hotel. Por acaso o quarto dez estaria livre?

– Sim, está desocupado.

– Maravilhoso, chegarei logo depois do almoço.

Dei meu nome, informações sobre a forma de pagamento e desliguei.

Vontade, força de vontade. Lembrei-me do velho lema de meu pai. Sentia-me triunfante. Pensei na jornada da noite e de como havia conseguido ver Anna. Eu me incumbira de uma empreitada perigosa e vencera. Tinha força de vontade. Tinha sorte. Lembrei-me do principal pré-requisito que Napoleão exigia de seus generais – sorte.

Agora eu tinha sorte.

De repente, senti uma fome voraz. O apetite e a sensualidade me dominaram. Fiz uma reserva no Laurent e, depois de ser levado a uma mesa tranqüila, com vista para o jardim, pedi o almoço.

– *Mille-feuille de saumon*, e depois um... *poulet façon maison*.

Para acompanhar pedi uma garrafa de Meursault. Comi com uma espécie de arrebatamento. O vinho tinha a aparência e o gosto de ouro líquido. A massa folhada parecia explodir delicadamente em minha boca, enquanto o salmão deslizava por entre suas fendas. Era como se eu estivesse comendo pela primeira vez na vida. Fiquei feliz por estar sozinho. Precisava de tempo e distância de Anna, de forma a poder me abandonar às lembranças daquela manhã.

Fatias de galinha da cor de mel-claro, em molho cor de âmbar; uma salada verde fresquíssima, que reluzia; queijo cor de creme; o vermelho profundo do vinho do Porto; cores intensas, matizes sutis. Penetrei suavemente no mundo dos sentidos. Um corpo que era capaz de se distender de forma a aprisionar, liberar, dominar ou devorar sua presa, agora também era capaz de comer como se deve.

Fiquei nauseado de prazer quando entrei no quarto que tão recentemente Anna e Martyn haviam deixado naquela manhã.

Fui conduzido em silêncio pela estranha escadaria arredondada, onde os pavimentos circulares e quartos secretos ascendiam para terminar num magnífico domo.

Não tinha nenhuma lembrança sentimental do L'Hôtel. Já ouvira falar dele, é claro. Mas o quarto me deixou chocado. Tinha uma atmosfera de sensualidade pesada. A escolha de Anna havia sido um quarto para amantes. Cortinas de brocado azul com dourado, uma chaise longue de veludo vermelho, espelhos de um dourado-escuro, um banheiro circular, pequenino, sem janelas.

Anna tinha escolhido aquele hotel para Martyn e para ela. Fechei a porta, depois tranquei.

Fui possuído pela luxúria e pelo ódio. Deitei na cama deles. Agora, em sua perfeição prístina, negava qualquer outro ocupante à exceção de mim. A chaise longue me obcecou. Talvez ali, pensei. Talvez ali. Ela não gosta de cama. Não. Não, é você quem não gosta de cama. Você não a conhece. Ela satisfez suas necessidades, suas vontades, apenas isso. Quando foi que realmente conversou com ela, seu tolo? Fiquei nu, atirando as roupas no chão e nas cadeiras. Num ataque de fúria, deitei-me na chaise longue de veludo vermelho e, lentamente, com gestos metódicos e pouquíssimo prazer, lancei jatos de sêmen sobre sua beleza cor de sangue.

Então, à medida que aquele estranho dia de triunfo e derrota ia chegando ao fim, das sombras da noite surgiu Paris, a magnífica. Poderosa e implacável, sua majestade parecia realçar minha fragilidade e fraqueza.

Andando de quatro, como uma espécie de animal pesado, desci do meu mundo de veludo e fui me atirar sobre a cama. Numa cascata de sonhos coloridos – o verde da roupa de Anna, o relance repentino do negro quando ela vestira a calcinha, o ouro líquido do vinho e os tons pálidos ensolarados do *mille-feuille* e do salmão, o violento vermelho-sangue da chaise longue e a escuridão sombria do brocado azul das cortinas – o dia se foi. E com ele partiu o homem que eu costumava ser. Parecia, à medida que eu ia caindo mais profundamente no interior daquele caleidoscópio das cores do dia para penetrar na noite de Paris, uma sombra negra, ou um fantasma.

Fechei os olhos. Um terror dos tempos de criança voltou a me dominar. Quando nos sonhos você cai, você morre. Se bater no chão.

17

Demorou um pouco para que a mesa telefônica do L'Hôtel conseguisse completar minha ligação para Hartley.

– Alô, Edward. Como vai?

– Estou ótimo, meu velho. É um enorme prazer estar aqui com Ingrid e Sally. Elas deveriam vir a Hartley com mais freqüência. E você também deveria aparecer mais.

– Eu sei, eu sei. Sinto falta disso.

– Bem, você anda muito ocupado. O novo namorado de Sally, Jonathan, está aqui. É filho de Nick Robinson, sabe, o único coleguinha trabalhista de quem consigo gostar.

Imaginei que isso deveria ser porque Nick Robinson era um dos poucos "coleguinhas" do Partido Trabalhista formado numa das velhas universidades tradicionais, e com uma linhagem impecável.

— Conheci a mãe de Nick, sabe? Nunca fui capaz de compreender como um filho de Jesse Robinson se tornou membro do Parlamento pelo Partido Trabalhista. Ah, bem, não importa. Imagino que você esteja querendo falar com Ingrid, não é?

— Sim, se ela estiver por perto.

— Está, está no jardim. Espere um momento.

— Alô, querido. Que tal Bruxelas?

— Um tédio mortal. Acabei tendo que vir correndo a Paris, para uma reunião esta manhã. Vou pegar o avião de volta esta noite.

— Então não vai ter oportunidade de ver Martyn e Anna?

— Não — fiz uma pausa. — Pensei em telefonar para convidá-los para um almoço rápido, mas não vai dar tempo. Prefiro não incomodá-los.

— Provavelmente você tem razão — comentou Ingrid. — Um fim de semana em Paris é bom para namorar, imagino. Pais não costumam ser das companhias mais apreciadas por jovens apaixonados.

— Pois é, acho que não.

— Mas é uma pena. Eu bem que gostaria de ver Martyn apaixonado. Se ao menos não fosse por Anna. Bem, agora basta de ficar falando nisso.

— E você, está gostando? Está se divertindo? O tempo está bom?

— Está tudo uma delícia. Toda vez que volto a Hartley parece que consigo gostar daqui mais ainda. Pensei muito em mamãe, hoje. Saí para dar uma caminhada com Sally, e isso me fez lembrar tanto as minhas caminhadas com mamãe... Acho que, na realidade, nunca fomos muito próximas. Mas ontem senti muito a falta dela, muito mesmo. Gostaria que você tivesse estado aqui.

— Eu também teria gostado.
— É mesmo?
— Claro que teria.
— Jonathan é um rapaz muito simpático.
— Edward me disse.
— Boa viagem, querido. Você gostaria que eu voltasse antes?
— Não. De jeito nenhum. Aproveite os seus dias aí em Hartley. Eu telefono amanhã.
— Até a volta, querido.
— Até.

É tão horrendamente fácil, pensei. Dizer a ela que eu estava em Paris havia sido arriscado; poderia ter escondido este fato com facilidade. A nova e estranha forma que eu estava assumindo começara a ganhar consistência e a endurecer a cada dia. O mentiroso hábil, o amante violento, o traidor, não permitiriam a possibilidade de voltar atrás. A direção de meu caminho estava clara, definida. Sabia que me achava em rota de colisão, a toda velocidade, rumo à destruição. Mas tinha certeza de que poderia controlar e planejar cada passo do caminho – com um misto de alegria contida e deliberado cinismo, que começava a me parecer inebriante. Não sentia nem um traço de pena de ninguém. Esta era a essência do meu poder.

Tomei banho e me vesti. Limpei um mosaico de flocos de sêmen seco da chaise longue. Depois de pagar a conta, fui para o Aeroporto Charles de Gaulle. Fiquei imaginando o que diria se por acaso encontrasse com Martyn e Anna. Podia contar, sem qualquer temor, com a dissimulação de

Anna. Mas e eu? Seria capaz de um desempenho perfeito? Será que ela me desprezaria se eu fracassasse? Meu símbolo de amor é uma coroa de mentiras, pensei. Ela me coroou de mentiras desde o dia em que a conheci. Mas no centro de minha coroa, como um diamante, está a única verdade que me importa: Anna.

A sorte continuou a me acompanhar, deixando livre o meu caminho. Com um quase bem-estar, deixei Paris, num triunfo de degradação moral.

18

— Seu filho está na linha.
– Pode passar a ligação.
– Alô, papai. Desculpe-me incomodá-lo no trabalho.
– Martyn, como vai?
– Estou ótimo. Acabei de voltar de Paris.
– Foi divertido?
– Bem, foi. Anna não passou muito bem, de maneira que viemos embora um pouco antes do planejado.
– Não passou bem?
– Pois é. Teve cólicas estomacais, dor de cabeça violenta. Foi se consultar com um médico conhecido dela. Então, resolvemos vir embora.
– Como é que ela está agora?
– Ah, já está totalmente recuperada. Obrigado por perguntar. Fico grato por você ser sempre tão... delicado... com relação a ela. Mamãe realmente não gosta de Anna.
– Ah, tenho certeza de que gosta. Anna é uma moça interessante.

— Acho que é isso que não agrada mamãe. Ela gostaria que eu estivesse com uma outra versão de Sally, imagino. Sabe como é, 22 anos, inglesa bem típica etc. etc...

— Nada elogioso à sua irmã, este seu comentário.

— Ah, papai, eu adoro Sally. Você sabe o que estou querendo dizer.

— Sim, eu sei.

— Papai, sei que você está ocupado, mas queria lhe contar que me ofereceram um emprego no *Sunday*... — Martyn se referia a um dos principais jornais do país. — Sou editor-executivo de política.

— Fico orgulhoso. Meus parabéns.

— Gostaria muito de convidar você e mamãe para um jantar de comemoração. Quinta-feira seria possível?

Hesitei.

— Sim, provavelmente. Talvez eu tenha que sair mais cedo para voltar à Câmara.

— Não faz mal. Então fica combinado: quinta, no Luigi's. Também vou convidar Sally e esse novo namorado dela. Está vendo só? As ligações fraternas ainda são fortes!

Ele deu uma gargalhada e desligou.

— Alistair Stratton está na linha.

— Peça para aguardar um momento, por favor, Jane.

Eu precisava de tempo para me recuperar. Não apenas do choque repentino de falar com Martyn, mas da própria conversa, que havia me deixado inquieto. Não era eu a única pessoa que estava mudando. O homem em Martyn estava emergindo com mais vigor.

— Pode completar a ligação – respirei fundo.

Então, o dia me aprisionou com suas barras de ferro de ligações telefônicas e reuniões, cartas para ler, cartas para escrever, decisões a tomar, promessas a não cumprir. E por baixo de sua estrutura, como que sublinhando, permaneceu uma sensação crescente de alarme, e um medo repentino e corrosivo de Martyn.

19

Formávamos um grupo impressionante, digno de atenção, quando entramos no restaurante.

Edward viera conosco. No seu terno azul-marinho, tinha a aparência de um homem que sabe que sua presença enriquece qualquer reunião.

Ingrid, cujo traje combinava delicadamente matizes sutis de cinza, estava discreta, elegante; segura, como sempre, de sua aparência perfeita.

Sally irradiava uma espécie de modéstia sensata, "com os pés na terra". Sempre seria capaz de derrotar os esforços da mãe de transformar seu encanto tipicamente inglês em alguma coisa mais *soignée*. A preferência de uma filha por vestir roupas de Laura Ashley liquida quaisquer tentativas de uma mãe de encorajar a sofisticação. Eu tinha sido o espectador freqüente durante as batalhas da adolescência. Vi com prazer que Sally, a mulher, havia mantido sua lealdade aos hábitos de vestir.

O namorado dela era louro, com aparência de desportista. Vestia um terno que respeitava a convenção do paletó de tecido igual ao da calça, ao mesmo tempo em que conseguia, de alguma forma, enganar a tradição, com um padrão de ziguezague em tons de preto e cinza.

Examinei cada uma das pessoas vagarosa e cuidadosamente, de maneira a evitar voltar minha atenção para Anna e Martyn. Era possível estar de pé junto de Anna e, no entanto, não olhar para ela. Era possível até receber de Anna um beijo rápido, no rosto, e ainda assim não vê-la.

Martyn assumiu a responsabilidade de determinar os lugares à mesa e me colocou à direita de Anna, dizendo, em tom brincalhão:

— Nada de casais esta noite.

À minha direita estava Sally, ao lado de Martyn e de Ingrid, depois vinham o namorado de Sally e Edward. Lancei um rápido olhar de soslaio para Anna, que, creio, estava vestindo algo azul-marinho que fazia com que seu cabelo parecesse ainda mais escuro. Recordei-me de um verso de uma velha canção: "Uma morena vestindo azul."

Pedimos a comida. Os convidados, cuidadosa e silenciosamente, examinaram os preços antes de tomar decisões.

— Bem, está tudo resolvido — comentou Edward. — Que prazer ter sido convidado, Martyn! E meus parabéns pelo novo emprego!

Todos levantaram os copos, fazendo um brinde a Martyn.

— Anna, você é jornalista também?

— Sim.

— Você e Martyn se conheceram no trabalho?

— Sim, nos conhecemos.

— Que bom! — disse Edward, lançando um olhar gelado na direção dela. Ele tinha nos olhos uma expressão que parecia dizer: "Não se meta a esperta comigo, mocinha."

— Gosta de seu trabalho?

— Sim, gosto.

— Por quê?

— Porque combina comigo — respondeu Anna.

— De que maneira?

— Isto está parecendo a Inquisição, vovô.

— Sinto muito. Eu estava sendo descortês?

— Não — disse Martyn. — Anna é uma excelente jornalista.

— E, evidentemente, você também — retrucou Edward. — Então, acha que desta vez é definitivo esse seu emprego?

— Sim. Gosto do mundo dos jornais. É excitante... redigir os textos, ver impressas no papel as coisas que escrevi.

— Na esperança de que as pessoas leiam — aparteou Sally.

— Mas as pessoas lêem mesmo, Sally. Sei exatamente para onde estou indo — olhou para Anna enquanto falava.

Tive que desviar o olhar rapidamente. Por um segundo vislumbrei a paixão em seus olhos.

— Pai, Martyn sempre teve certeza de que o jornalismo era o que queria como profissão.

— Pois é. Mas ainda assim as pessoas podem mudar a direção de suas vidas bem tarde, não podem? — Edward olhou para mim.

— Política, é o que está querendo dizer — aparteou Martyn. — Deus, não, eu não quero ser político. Não combinaria comigo, vovô. Esse caminho deixo para você e papai.

— Ah, mas combinaria com você. Você fala bem, sabe expressar as idéias, é um homem bonito e... sim, é muito esperto.

— E muito, muito desinteressado — disse Martyn de maneira enfática. — Quero o tipo de liberdade que nunca poderia encontrar na vida política, sempre caminhando com cuidado para não pisar nos calos da linha do partido.

— Pois muito bem — retrucou Edward. — E o que me diz a respeito da linha do sujeito que é dono do jornal?

— O relato acurado de um evento normalmente não é questionado, não costuma ser discutido. É só no editorial que se leva em consideração, seriamente, alguma tendência do dono – argumentou Martyn.

– E você? O que acha disso, Anna? – perguntou, de repente, o namorado de Sally.

– Ah, sou apenas uma observadora – disse Anna. – Observo com cuidado. Escrevo fielmente, de maneira exata, o que observei. Tenho prazer com isso.

– O dom da observação é o forte de Anna – comentou Martyn. – Ela não perde nada, não deixa passar nada... nada. Não conheço ninguém que seja capaz de mais argúcia do que ela.

Intuí um baixar de cabeça de Anna. Olhei para Ingrid e vi seus olhos se estreitarem. Então, uma expressão de resignação se apoderou momentaneamente de seu rosto. Nossos olhos se encontraram. Ela fisgou nosso filho, pareciam dizer. E mais ainda, pensei, e mais ainda.

– Bem, meu jovem, agora quem vai responder ao interrogatório é você. Diga-me o que o filho de Nick Robinson está fazendo trabalhando para a TV? Quais são as intenções desta geração de escravos da mídia? Já ouvimos falar sobre os jornais e as delícias da posição de observador. Agora vamos ouvir um pouco o que a televisão tem a dizer. Qual é a atração que exerce sobre você?

– O que me atrai é o poder que espero alcançar.

– Poder! Ora, ora. Isto é uma coisa que eu compreendo. Como é que você pretende alcançar o poder?

– A informação... pode mudar o mundo. Não creio que os políticos... isto é... – ele foi tropeçando num campo minado de insultos em potencial. – Bem, não creio que eles realmente sejam capazes de mudar a maneira de pensar das pessoas com relação à vida e ao mundo. Enquanto que a televisão não só pode fazê-lo, como já o faz. Quando chegar o momento, daqui a algum tempo, eu realmente quero... eu quero fazer programas mais elaborados... tratando de questões sociais que...

— Esta costumava ser a seara dos artistas. Mudar vidas e almas através da arte.

Todo mundo olhou para mim, exceto Anna, que, ao que intuí, não moveu a cabeça.

— Meu Deus! – exclamou Sally. – Mas que grupo sério nós somos. Arte, política, mídia. A idéia era de que isto fosse ser uma festa de comemoração para Martyn.

Edward deu uma gargalhada bem-humorada.

— Mas eu me diverti tanto, pondo à prova as qualidades de vocês, jovem. Gostaria que viessem todos a Hartley passar o fim de semana do dia 20... para comemorar o meu aniversário. Só a família e a futura família – Edward sorriu para Anna e Jonathan.

— Que maravilha. Você poderá ir, não é, querido? – perguntou Ingrid.

— É possível. Tenho que confirmar.

— Anna?

— Creio que sim. Sim, obrigada.

Sally e Jonathan também concordaram. A idéia de um fim de semana com Anna e Martyn, em Hartley, abriu um mundo de terror e possibilidades, e de alegria.

O jantar prosseguiu lentamente, até alcançar uma doçura um tanto embaraçosa no final. Eu sobrevivera a quase três horas sem sequer por um murmúrio me trair ou trair Anna.

Talvez o demônio tenha estado às minhas costas, me apoiando, e conseguido, com sucesso, me entregar ao mal.

20

— Senti-me orgulhosa esta noite. Contente. Senti o poder de ser mãe. "Ó Todo-Poderoso, admirai a minha obra!" – Ingrid suspirou.

Estávamos no carro. A noite se encerrara da maneira apropriada, com a insistência aprovadora do pai e do avô.

— Você se sentiu como o *paterfamilias*?
— Hum-hum.
— Dá um bocado de satisfação, não é?
— Muita.
— Somos pessoas tranqüilas, você e eu. Combinamos um com o outro. Senti-me muito feliz esta noite. Você me faz muito feliz. Será que eu lhe digo isto com a devida freqüência? Talvez não. Mas espero que você saiba. Não vejo muitos casamentos felizes por aí. Sinto-me muito grata pelo meu casamento... e por ter você.

Sorri.

— Já faz muito tempo que estamos juntos, você e eu – comentei.

— Sim. Temos dois filhos adoráveis, um casamento feliz. É quase bom demais para ser verdade. Mas é verdade. Uma verdade substancial. Gosto do que senti esta noite, da essência desse sentimento. Tive a impressão de que quase podia estender a mão e tocá-la. A felicidade. O tipo certo de felicidade.

— Existe algum tipo certo?

— Sim, creio que sim. Sempre tive essa impressão. Eu sempre soube o que queria: um marido, filhos, paz e progresso na vida. Tenho muito orgulho de sua carreira, sabe? Muito, muito orgulho mesmo. Não tenho ambições pessoais... Sempre tive dinheiro... mas dou minha contribuição cumprindo meu papel, não dou? O trabalho no distrito eleitoral, as obras de caridade, os jantares – ela riu. – Diga-me: desempenho bem o meu papel, o meu papel público?

– Sem dúvida que sim. Sempre desempenhou.

– Bem, então aqui estamos nós. É um ponto muito, muito bom em nossas vidas. Sinto que o futuro, o seu futuro, o nosso futuro, poderá vir a ser muito interessante. Quando estive em Hartley, papai comentou que você é tido em altíssima conta. Ele afirma que você é considerado "uma estrela em ascensão". Embora seja eu a dizê-lo, você é mesmo um homem perfeito, não é? É um sucesso na televisão. Decente, inteligente, tem uma esposa maravilhosa... – ela riu consigo mesma – e um casal de filhos absolutamente encantador. Perfeito. Tudo é perfeito. Exceto Anna. É uma moça muito, muito estranha, você não acha?

De repente, Ingrid estava alerta.

– Por quê?

– Gosto de gente calma, tranqüila, não consigo suportar esses tipos supersimpáticos, muito extrovertidos... como aquela moça, aquela tal de Rebecca, com quem ele andou por uns tempos. Mas a tranqüilidade e a calma de Anna são mais misteriosas. Ela é quase sinistra. O que estou querendo dizer é: o que, verdadeiramente, sabemos a respeito dela? Conheceu Martyn no trabalho, tem 33 anos e é muito rica, isto é ridículo. Por exemplo: o que foi que ela fez durante todos esses anos antes de ter conhecido Martyn?

– Não sei.

Examinei-me cuidadosamente ao espelho. Não me podia permitir um passo em falso. Não podia admitir erros do tipo "como é que você sabia?", naquele interrogatório latente.

— Está vendo? Não sabemos nada. Essa moça pode muito bem vir a ser nossa nora e não sabemos nada a respeito dela.

Respirei fundo. Agora vá bem devagar, disse para mim mesmo, devagar.

— Martyn já teve tantas namoradas, Ingrid. Anna é apenas mais uma. Talvez o namoro seja um pouco mais sério. Mas casamento? Não, não acredito.

— Bem, lamento, mas temo que você esteja completamente enganado. Outro dia ele mencionou o fundo em fideicomisso, quando estava fazendo os convites para o jantar. Poderá dispor do capital do fundo quando se casar. Lembre-se de que sua promoção para um jornal de grande tiragem e circulação nacional só pode lhe aumentar a autoconfiança. Será que você não vê que esse menino está planejando seriamente o futuro? Deus sabe que não é possível impedir um homem apaixonado de conseguir o que deseja. Se Anna quiser, será a esposa dele. É absolutamente claro, límpido e certo que ele a quer. Acho que, por sermos os pais dele, poderíamos pelo menos tentar conhecê-la melhor. E deveríamos tentar obter mais informações sobre o seu passado. Você já fez perguntas a respeito disso a Martyn? Eu tentei. É muito difícil. Ele diz que sabe tudo que precisa saber. Entretanto, consegui arrancar algumas informações sobre os pais dela. Diz que são pessoas muito respeitáveis. O pai serviu no corpo diplomático. Os pais são divorciados e a mãe se casou de novo, com um escritor americano, pelo que entendi. O pai também constituiu uma segunda família.

— Nada disso parece ser tão terrível, não é mesmo?

— Não, mas deve haver alguma outra coisa, tenho certeza. Por exemplo: sabe se Anna já foi casada antes?

— Mas que idéia extraordinária! Isso nunca me ocorreu.

— Você parece, de fato, ainda não ter pensado muito a respeito daquela menina, não é?

— É, acho que não pensei mesmo — mantive a respiração lenta e compassada.

— Homens! Pois bem, trate de pensar. Ela tem 33 anos; é perfeitamente possível. Na realidade, é até surpreendente que não tenha sido casada. Talvez até tenha filhos. Hoje em dia, nunca se sabe. Lembre-se de Beatrice, os filhos dela ficaram com o pai, na Itália.

— Tenho certeza de que nunca teve filhos — era o médico em mim quem falava.

— O quê? Você não sabe de nada a respeito dela, mas tem certeza de que nunca teve filhos!

— Ah, eu não sei, digamos que é uma forte impressão. Ora, vamos tomar um drinque antes de deitar.

Ela me envolveu em seus braços quando chegamos ao quarto.

— Desculpe. Não deveria ter deixado Anna estragar uma noite tão agradável. Cheguei a comentar como você estava magnífico esta noite? — ela me beijou. — Amo você — murmurou. — Querido, vamos para nossa cama gostosa. Estou vendo aquele brilho nos seus olhos... gosto disso.

E assim nos deitamos. Um homem cujos olhos eram capazes de enganar a esposa após quase 30 anos, e uma esposa que depois de quase 30 anos ainda se deixava enganar assim. Nossos movimentos praticados ao longo de tantos anos eram agradáveis como uma velha canção que traz lembranças de tempos há muito passados. Mas mesmo quando me entreguei aos tremores finais, que são tudo e nada, aquilo foi, tive certeza, uma derrota definitiva para Ingrid, numa batalha que ela não sabia estar travando. E foi uma vitória de Anna, que não havia sequer lutado.

Eu não posso e não vou fazer isso de novo. Este foi meu último pensamento, enquanto Ingrid adormecia, sonhadora, em meus braços.

21

— Alô, papai – era Martyn ao telefone.

– Martyn. Obrigado pela noite de ontem e, mais uma vez, meus parabéns.

– Ora, obrigado a você. Estava muito calado pai, anda trabalhando demais? Sei que está de saída para uma dessas reuniões de comitê... Pelo que imagino, deve estar quase na hora de serem determinadas as recomendações com relação aos votos.

– Como é que você sabe?

Ele deu uma gargalhada.

– Não posso revelar minhas fontes.

– Imagino que agora eu deva tratar de ser ainda mais cauteloso do que de hábito. Até sorrisos secretos ficam fora de questão.

– Certamente. Primeiro jornalista, depois filho! – deu outra risada. – É verdade, eu revelaria todos os seus segredos em troca da oportunidade de um belo furo jornalístico.

– Ah! Estou devidamente advertido! – respondi, entrando no espírito da brincadeira.

– Papai, quero lhe pedir uma coisa com relação ao meu fundo em fideicomisso.

– Sim?

– Será que eu poderia conversar com Charles Longdon a respeito do assunto? E com David... ele é o outro curador, não é? – estava se referindo a um primo de Ingrid.

– Sim. Mas por que está precisando conversar com eles?

Houve uma pausa prolongada.

– Eu... ah, eu não sei. Planos, sabe como é? Está mais do que na hora de eu me inteirar de todos os aspectos de minha situação financeira. A sério, como manda o figurino. Você não acha?

– Bem, você sabe que só pode dispor do fundo quando se casar, não sabe? – perguntei, falando de maneira lenta e pausada, olhando para fora, pela janela, os olhos fixos no infinito.

– Sim, sei disso. Ainda assim, gostaria de conversar com eles a respeito do assunto. Desejava apenas que você e Edward soubessem antes. Não queria falar com eles às escondidas, sem dar conhecimento a vocês.

– Não. Não, é claro. Eu não me importo. Vá em frente.

A conversa telefônica estava encerrada. Nenhuma menção a Anna. Martyn tomaria suas próprias decisões. Não haveria consultas a ninguém. Exatamente como deveria ser. E seus planos eram muito claros: pretendia pedir Anna em casamento. Ela recusaria o pedido, naturalmente. E, então, o que aconteceria? Como seria a reação dele?

E Anna e eu, o que aconteceria conosco? Nunca falávamos a respeito do futuro. Nunca falávamos sequer a respeito do presente.

22

— Anna.
— Entre.
— Foi difícil arranjar uma desculpa para sair?
— Não. Você quer um drinque?
— Gostaria de um copo de vinho tinto.

Estávamos na casa de Anna, que se encontrava sentada na cadeira defronte à minha. Pôs o copo, num movimento lento e deliberado, sobre uma mesinha de canto.

— Você vai começar uma conversa que não creio que eu queira ter. Talvez fosse melhor bebermos o vinho e darmos por encerrado nosso encontro de hoje.
— Não.

Alguma coisa em minha voz possivelmente fez com que compreendesse que eu precisava ser ouvido, pois respondeu:

— Está bem.
— Eu preciso ter certeza de que você estará presente em minha vida para sempre. Preciso ter certeza disso.
— Por quê?
— Porque preciso saber que posso olhar para você, ouvir você, respirar você, estar dentro de você. Eu tenho que ter certeza disso. Não posso voltar a ser... quase morto. É impossível para mim. Era isto que eu era. Na minha vida não pode existir um "depois de Anna".
— Isto é porque você não pode imaginar essa possibilidade, mas ela pode existir. Há uma vida depois...
— Não quero essa vida. Isso não vai acontecer – levantei-me da cadeira e fiquei de pé, bem na frente dela. Talvez houvesse alguma coisa ameaçadora em meus movimentos. Houve um silêncio carregado de tensão entre

nós. Eu me afastei. – Acho que Martyn vai pedir você em casamento.

– Você acha?

– Será muito triste para ele, mas teremos uma solução para essa situação terrível.

– O que será triste para Martyn?

Um frio de mármore, o frio de um choque profundo me envolveu. Suas palavras pareciam congeladas no ar. Como num sonho, eu a ouvi dizer:

– Eu gosto de Martyn. Passamos momentos muito felizes sempre que estamos juntos. Posso construir com ele uma vida de verdade. É muito possível que eu diga sim. Martyn é demasiado inteligente para ter chegado a esse ponto sem pelo menos a possibilidade de ver seu pedido aceito.

Há palavras que jamais sonhamos um dia articular.

– Você está pensando em se casar com Martyn?

– Estou pensando. Sim.

– Você se casaria com meu filho?

Há respostas que jamais sonhamos um dia ouvir.

– É possível. Avisei você desde o início. Eu lhe disse para ter cuidado.

– Pessoas marcadas são perigosas. Sabem que podem sobreviver.

– Sim. Você se lembra. Você poderá ter o que deseja de mim para sempre. Eu quero o que você quer. Podemos continuar juntos pelo resto da vida. Nossos dias podem ser organizados e combinados dessa forma. Se eu me casasse com Martyn, pense em como iria ser fácil. Poderíamos nos ver o tempo todo. Eu poderia me enroscar em volta de você como a hera em volta de uma árvore. Reconheci meu soberano. No momento em que vi você, eu me rendi.

Sua voz quase cantava as palavras à medida que ia andando pela sala.

— Mas também quero Martyn. Quero partilhar a vida dele. Martyn é minha referência de normalidade. Seremos como qualquer jovem casal começando uma vida a dois. Isto é certo, é normal.

Ela falava a palavra "normal" como se fosse uma bênção.

— Isto é o que eu quero. Quero me casar com Martyn. Fique contente por mim. Não me terá em menor intensidade. Terá mais. Sim. Mais, cada vez mais. Ouça o que estou dizendo. Não quero me casar com você. Ah, eu sei que ainda nem pensou nisso. Mas pensará, pensará. E começará a se angustiar de culpa por causa de Ingrid. Começará a fazer planos. Ouça o que estou dizendo. Martyn nunca, jamais, o perdoaria. Você o perderia para sempre. Sally ficaria brutalmente ferida, sofreria barbaramente. Eu seria o pivô de um terrível escândalo. E você, você ficaria destruído. E para quê? Para que pudéssemos ter uma vida doméstica juntos. Seria um absurdo sem sentido. Não fomos feitos para isso. Não, somos feitos para o que temos. A satisfação contínua e constante da necessidade de um pelo outro.

— Talvez você seja louca, Anna. Talvez esta seja a razão de estar dizendo essas palavras. Ah, meu Deus...

— Sou absolutamente sã.

— Quando foi que planejou tudo isso?

— Não "planejei" coisa nenhuma, assim a sangue-frio, como você está querendo insinuar. As coisas acontecem. Conheci Martyn... começamos a ter um caso, que se tornou mais sério do que qualquer um de nós dois poderia ter imaginado. E, então, você dobrou uma esquina secreta em sua vida e eu estava lá. Não tive nenhum controle sobre os acontecimentos. Eu não sabia que ia conhecer Martyn. Não sabia que ia conhecer você.

"Mas sempre reconheço as forças que darão forma à minha vida. Permito que elas exerçam sua influência, que façam seu trabalho. Às vezes, irrompem pela minha vida com a violência de um furacão. Às vezes, simplesmente deslocam o chão sob os meus pés, de forma que me vejo num terreno completamente diferente, e alguma coisa ou alguém é tragado pela terra. Procuro me equilibrar durante o terremoto. Deito-me e deixo que o furacão passe sobre a minha cabeça. Nunca tento lutar contra essas forças. Depois, quando passam, olho em volta e digo: 'Ah, pelo menos isso me restou. E aquela pessoa que me era cara também sobreviveu'. Silenciosa e tranqüilamente, gravo na lápide do meu coração o nome que se foi para sempre. Gravar esse nome é um momento de profunda agonia. Depois, torno a seguir meu caminho. Agora, você e Martyn, e também Ingrid e Sally, estão no centro de uma tempestade que eu não criei. Que força tenho eu, e que responsabilidade?

— Mas você falou de rendição, de ser governada.

— É a minha rendição que o torna o soberano. Você tem que aceitar isso. Se tentar lutar, modificar a posição das peças no tabuleiro ou criar um cenário mais aceitável para si mesmo, estará perdido. Ajoelhe-se aqui, diante de mim, agora, e eu serei sua escrava.

E eu o fiz, na mesma sala em que a tivera pela primeira vez. Será que é importante a forma como a possuí? Por qual caminho? Se com a língua, a mão ou o pênis? Se estava deitada ou de pé? Se estava de costas para mim ou para a parede? Se as mãos estavam livres ou amarradas? Se ela viu ou não meu rosto?

Histórias de êxtase são intermináveis histórias de fracasso. Pois sempre chega a hora da separação. E a jornada em busca daquela união essencial, e passageira, recomeça.

Depois fui embora, soberano, governante sem poder. Anna permaneceu deitada sobre a mesa, num estranho desalinho, em silêncio, o corpo reluzindo, e imóvel.

Não tenho uma percepção aguçada com relação aos lugares. Somente uma vez, no L'Hôtel em Paris, as formas e as cores que tornam um ambiente agradável ao olhar de fato penetraram e ficaram registradas em meu consciente.

Nessa tarde, entretanto, quando fechei a porta, aquela sala pareceu imprimir, como um quadro, suas cores no olho de minha mente. Uma espiral de verde muito vivo contrastava com o bege bem claro das paredes. O veludo tocava com suavidade as vidraças das janelas que davam para um pequeno jardim, protegido por muros. A madeira do chão refletia tons mais escuros de bege e tonalidades mais claras de marrom, que reluziam em espaços vazios, livres de mobília.

As poltronas e os sofás eram forrados por um brocado antigo, que sugeria todos os matizes do outono, e nenhuma cor específica. As cadeiras de encosto duro, que haviam caído no chão enquanto nos debatíamos em direção à escuridão cinzelada da mesa sobre a qual agora ela estava deitada, tinham os assentos forrados no mesmo veludo verde das cortinas. Das paredes, os rostos imensos, angulosos, parcialmente sombreados, de um homem, uma mulher e uma criança se entreolhavam e nos olhavam com uma malevolência que o pintor não poderia ter criado. Estantes, contendo apenas livros encadernados e algumas edições raras, ladeavam a lareira de pedra nua, sem nenhum tipo de enfeite.

Posso ficar olhando para esta sala pelo resto da vida, pensei. Eu sempre a terei comigo. Até morrer.

Quem me visse na televisão naquela noite, substituindo meu ministro, respondendo às perguntas com uma experiente combinação de inteligência e charme, jamais imaginaria que meu olho interior estava fixo naquele quadro. Como se ali se encontrasse o segredo de minha vida.

23

"Meu senhor e soberano,

Às vezes precisamos de um mapa do passado. Ele nos ajuda a compreender o presente e a planejar o futuro.

Quando você se foi, olhou para mim e para tudo o que havia em volta, como se o fizesse pela última vez.

Depois de tomar um banho e arrumar a sala, decidi ficar em casa, para lhe escrever explicando por que tenho tanta certeza de estar tomando a atitude correta, fazendo a coisa certa. Quero desfazer esse mistério.

Falo pouco a respeito de mim porque minha vida não interessa realmente a ninguém. As particularidades de meu passado são importantes apenas, talvez, para você e Martyn.

Perdoe-me, mas tenho que incluí-lo nesta carta: agora estou certa de que nos casaremos.

Você precisa desta explicação mais do que ele. Martyn, como eu já disse uma vez, não tem nenhum tipo de temor nos seus sentimentos por mim. Ele aceita, é claro que sem saber o motivo, que uma parte de mim permaneça para sempre desconhecida. Pode lidar com sumiços, separações e silêncios de uma maneira que você não é capaz. Você o conhece tão pouco... Creia-me, ele é uma pessoa notável.

Vocês dois poderiam compreender minha pequena história. Mas só você precisa ouvi-la.

Viajei muito quando criança. O processo de estar continuamente começando em novas escolas, com novos amigos e línguas estrangeiras, faz com que os membros de uma família se tornem, de fato, muito unidos. A família se torna o único fator constante. Éramos uma família unida. Minha mãe, certamente, amava meu pai, naqueles primeiros tempos. Aston e eu éramos tudo um para o outro. Contávamos nossos segredos, partilhávamos nossos problemas. Tornamo-nos um duo invencível contra todas as adversidades da infância.

Você não pode imaginar o que seja a intimidade assim. Quando começa tão cedo, passa-se a ver o mundo através de uma alma gêmea. Quando éramos bem pequenos, dormíamos no mesmo quarto. Cada um adormecia ouvindo o som da respiração do outro, e com suas últimas palavras nos ouvidos. Todas as manhãs olhávamos um para o outro e para cada novo dia – juntos. Se estávamos no Egito, na Argentina ou, finalmente, na Europa, não tinha importância. O mundo era Aston e eu.

Aston era muito mais bem-sucedido do que eu nos estudos. Ah, eu até que me saía bastante bem. Mas ele era brilhante.

Meu pai, justiça seja feita, havia se recusado a mandá-lo para um internato aos sete anos. Tinha decidido, contudo, que, ao completarmos 13 anos, seria essencial que viéssemos estudar num colégio interno na Inglaterra.

O meu internato era um colégio perfeitamente respeitável, em Sussex. No início, eu me senti muito infeliz longe de Aston. Mas acabei me adaptando.

Aston, entretanto, pareceu mudar. Sempre tinha sido de temperamento reservado, mas a partir daquela época recolheu-se cada vez mais aos estudos. Parecia não fazer amigos. As cartas que me escrevia eram cheias de tristeza.

Disse a meu pai que estava preocupada com Aston. A direção do colégio, ao ser comunicada por meu pai sobre a situação, atribuiu o problema a um período difícil de adaptação.

As primeiras férias que passamos juntos (tínhamos nos desencontrado nas folgas do meio período) começaram de maneira estranha. Saí correndo na direção de Aston, com os braços e as pernas prontos para agarrá-lo e abraçá-lo. Ele pôs a mão sobre o meu rosto e me empurrou para longe, dizendo:

– Senti falta demais de você. Não quero olhá-la. Não quero tocá-la. É demais. Amanhã, amanhã eu olho para você – e foi para o quarto.

Meu pai estava viajando. Mamãe achou que o fato de Aston não aparecer para jantar devia-se apenas a um excesso de excitação.

A porta dele estava trancada quando subi. Ouvi Aston responder em voz alta, quando mamãe bateu à porta do quarto:

– Está tudo bem. Realmente, está tudo bem. Eu só quero ficar aqui tranqüilo e dormir cedo. Amanhã de manhã vou estar em forma.

E, de fato, na manhã seguinte parecia bem. Conversamos, brincamos e rimos como antes.

No entanto, mais tarde, em meu quarto, ele me falou do medo terrível que sentia de que eu fosse a única pessoa que ele pudesse amar. Fiquei chocada e até um pouco assustada com a intensidade de suas palavras.

Quando as férias acabaram e voltamos para o colégio, ele, de início, não respondeu às cartas que lhe enviei. Então, recebi um bilhete que dizia: 'Fica mais fácil se você não escrever.'

Não contei para ninguém. O que iria dizer? Meu irmão sente falta de mim... demais. Eu sentia muito a falta dele, mas não demais. Era uma questão de medida, de intensidade, compreende? Quem poderia julgar esse tipo de coisa? Certamente, não uma garota tão jovem.

Continuei escrevendo para ele, que não respondia. Na Páscoa, ele me devolveu todas as cartas, ainda fechadas, e disse:

– Por favor, fica mais fácil, fica realmente mais fácil quando você não escreve. Cada dia que passa, sinto mais sua falta. Não consigo imaginar uma vida separada da sua. Mas tenho que fazê-lo. Não tenho esperança de nenhuma outra vida, não é mesmo? Você está mudando. Os rapazes lá no colégio falam de garotas o tempo inteiro, garotas como você. Um dia, um deles vai tirar você de mim. Vai levar você embora, definitivamente.

— Mas, Aston, um dia você e eu teremos namorados e namoradas. Nós vamos crescer e nos casar. Vamos ter filhos.

Ele olhou para mim, estarrecido.

— Você não tem idéia do que estou falando, não é? Eu quero estar junto de você o tempo todo. Quando estou longe, só consigo sobreviver bloqueando todo e qualquer pensamento a seu respeito em minha mente. Estudo como um louco, alucinado. Você ouviu falar a respeito do meu boletim: sou o melhor aluno do colégio, com as notas mais altas em quase todas as matérias. Vou ser o primeiro da turma para sempre.

No semestre seguinte, não escrevi nenhuma carta. Na última semana antes do fim do período, ele mandou um cartãozinho que dizia, simplesmente: 'Obrigado.'

Naquele verão parecíamos ter voltado a ser as criaturas felizes de outrora. Minha mãe tentou, em vão, organizar festinhas de adolescentes. Filhos de amigos vieram passar temporadas conosco. Mas Aston e eu só nos sentíamos realmente felizes quando estávamos um com o outro. Éramos mais crianças do que jovens adolescentes. Ele me encantava com histórias de deuses e heróis da mitologia grega, que conhecia a fundo. Eu o impressionava com meu talento ao piano.

Quando as aulas recomeçaram em setembro, voltei a lhe escrever.

Ele respondeu imediatamente:

'Acho que não há nada no mundo tão terrível quanto o Amor. Preciso do seu silêncio. De outra forma, não posso suportar estar aqui. Aston.'

Não voltei a escrever. Quando falei com minha mãe, por telefone, e perguntei por Aston, ela disse:

— Tudo vai acabar se resolvendo bem. São apenas coisas da adolescência, querida. Lembro-me de como foi a minha.

Naquele Natal, meu corpo já quase tomara uma forma definitiva, que não mudou muito desde então. Sentia-me muito diferente do verão anterior, mais pesada, mais forte. Estava me desenvolvendo muito mais depressa do que Aston. Ele era mais alto, mas seu rosto, embora mais magro e anguloso, ainda parecia, basicamente, inalterado.

Suas primeiras palavras para mim foram:
— Oh, Anna, Anna, como você mudou!

Tinha lágrimas nos olhos. Veio andando em minha direção lentamente, de uma maneira meio desajeitada, como se tivesse algum terrível ferimento.

Comecei a me sentir constrangida com ele. Insegura quanto ao comportamento apropriado.

A primeira semana pareceu se consumir em olhares furtivos, risadas tensas, nervosas, e conversas que morriam pela metade, sem nunca chegar a lugar algum.

Minha mãe insistiu em oferecer uma festa de Natal para 'a garotada'. Aston reagiu com violência à idéia:
— Essa história de festa dançante é um clichê. Você não pode impor amizades. Deixe a gente em paz.

Mas ela estava decidida:
— Vocês dois estão se tornando verdadeiros reclusos, e isto não é saudável. Precisam ter amigos. Este é um período precioso de suas vidas. Anna vive recusando convites para ir a festas, o que é ridículo. Quanto a você, Aston, consegue ser tão antipático com todo mundo que não recebe nenhum. Está mais do que na

hora de acabar com essa situação. Vou dar uma festa de Natal aqui em casa. Está resolvido, não se fala mais nisso.

Mamãe mandou convites para todos os filhos de pessoas do seu círculo de amizades, na faixa de idade adequada. Não um número exagerado de convites, mas o suficiente.

Aston ficou impossível. Recusou-se a se vestir de maneira apropriada. Chegou quase à descortesia com os convidados.

Lembro-me de que eu estava com um vestido cor-de-rosa maravilhoso. Descobri que gostava muito de dançar e de todo aquele jogo de lisonjas, olhares e carícias desajeitadas dos rapazes mais ousados.

Aston volta e meia abandonava a festa. Desaparecia e tornava a aparecer com uma expressão agoniada no rosto.

Veio até o meu quarto depois que a festa terminou. Estava chorando.

— Eu sei que tudo está prestes a mudar para sempre. Você está mudando, Anna. Tivemos nosso último verão. Acho que já não gosto muito deste mundo.

Deitou-se na minha cama e ficamos ali, castos, deitados lado a lado.

Mas os garotos, no princípio da adolescência, não conseguem ficar muito tempo apenas deitados ao lado de um corpo feminino. De repente, ele teve uma ereção. Um pequenino movimento, uma leve carícia passageira e o sêmen dele foi derramado sobre o meu estômago. Ele começou a chorar. Suas lágrimas escorriam pelos meus seios. Eu me senti como se tivesse recebido uma estranha bênção. Sêmen e lágrimas. Seriam para sempre símbolos da noite para mim.

No dia seguinte, mantivemos certa distância. Parecia melhor assim. Eu tinha um compromisso naquela noite. Um dos rapazes da festa de Natal me havia convidado para um jantar dançante.

A vaidade e a recém-adquirida confiança fizeram com que eu me vestisse cuidadosamente, escolhendo um vestido branco, bem decotado. Aston abriu a porta para mim, fazendo uma reverência zombeteira, com um misto de desprezo e raiva.

Quando voltei, fiquei sentada no carro do rapaz, na porta de casa. Inesperadamente, ele me beijou. Então, tentou desajeitadamente acariciar meus seios. Não fiquei assustada. Para falar a verdade, a emoção que sentia mais intensamente era prazer. Quando ia me virando para saltar do carro, vi Aston. Ele nos observava de uma das janelas do andar superior da casa. Jamais me esqueci da expressão de seu rosto, e no entanto, mesmo depois de todos esses anos, ainda não encontrei as palavras para descrevê-la. Talvez existam expressões humanas que só os artistas consigam definir.

Ele me seguiu até o quarto.

– Da próxima vez, ele irá mais longe – disse. – E depois, ainda mais. Até que, uma bela noite, ele vai foder você. Esta é a descrição perfeita do que lhe acontecerá.

– Ah. Aston, querido, por favor, por favor, não faça isso.

Àquela altura eu estava chorando. Pareciam palavras tão terríveis: 'Ele vai foder você.' Aston parecia quase ameaçador ao dizê-las.

Ele saiu do quarto. Tranquei a porta. Não sei por que fiz isso, mas foi um gesto totalmente deliberado. Pouco depois, eu o ouvi virando a maçaneta da porta.

Falou comigo baixinho, sussurrando, e as palavras estavam entrecortadas, abafadas, como se soluçasse.

— Anna, Anna, me perdoe, me perdoe, Anna. Você se trancou para se afastar de mim. Eu não posso suportar uma coisa dessas. Ah, vai ficar pior. Eu sei. Vai, sim. Tem que ficar pior. Estou perdido. Não existe esperança para mim.

Não abri a porta. Permaneci deitada, tentando me acalmar, procurando compreender o que estava acontecendo. Então adormeci.

Fui acordada por um som absolutamente medonho. Não era exatamente um grito. Era como se um berro desesperado de socorro estivesse sendo estrangulado, e depois novamente liberado. Caí da cama e saí correndo para a porta. Meu quarto ficava defronte ao de Aston e, como num sonho, vi meu pai tentando arrastar minha mãe para fora do banheiro de Aston. Papai estava fazendo tamanho esforço para segurá-la, enquanto tentava se mover em direção à porta do quarto, que parecia atravessar o aposento centímetro a centímetro.

— Não entre lá, Anna! Não dê mais nem um passo.

Mas eu passei correndo por ele, indo até a porta do banheiro. Aston estava deitado na banheira que transbordava. Tinha cortado os pulsos e aberto um talho no pescoço, e a água ensangüentada respingou meus pés. Parecia uma espécie de marionete, um boneco muito pálido, uma criatura que não estava morta, mas que jamais estivera viva. Puxei um banquinho para junto da banheira e me sentei ali, segurando nos braços a cabeça dele. Meu pai voltou com o médico. E, olhando para nós, murmurou:

— Impossível, é impossível que o que estou vendo seja verdade. Impossível. Possível.

O médico tirou minhas mãos da cabeça de Aston.

— Agora vamos, Anna, venha comigo. Venha comigo, vamos lá para baixo. Isso... assim, seja uma boa menina. Vá se sentar junto de sua mãe. Minha mulher está a caminho, e o comandante Darcy e o assistente de seu pai daqui a pouco estarão aqui. Vou lhe dar um sedativo que a acalmará.

Logo, o que parecia um exército de pessoas, silenciosas, competentes, calmas, fazia malas e se movimentava pela casa e pela noite. Era como se tivessem aprendido alguma técnica para lidar com o terror. A técnica era a negação do fato, a disciplina e o silêncio.

Minha mãe e eu fomos levadas discreta e rapidamente para a casa do meu jovem amigo. Ele estava em pé, à porta, chocado e assustado. A garota, de cujo vestido branco, apenas algumas horas atrás, ele tentara tomar o desconhecido tesouro de seus seios, agora tremia diante dele, com uma velha capa de chuva jogada sobre a camisola ensangüentada. Então o exército silencioso assumiu novamente o comando e nos conduziu para o interior da casa.

— Leve Anna para o quarto de Henrietta, Peter.

Alguém entregou a ele uma mala. Minha mãe ficou histérica outra vez. Todas as atenções se voltaram para ela.

Peter me levou até o andar de cima e me acompanhou até o quarto de Henrietta. O quarto era cor-de-rosa, com babados cor-de-rosa por todos os lados, e bonecas vestidas de cor-de-rosa estavam cuidadosamente arrumadas sobre a cama. Num canto havia uma enorme girafa cor-de-rosa. Um espelho comprido estava bem na minha frente. Fui andando até a porta e virei a chave na fechadura. No espelho, observei minha imagem atravessar rapidamente o quarto, segurando a mão do rapaz. Virei-me e o encarei, e ouvi minha voz murmurar:

– Me fode!

Ele só tinha 18 anos, mas, com todo cuidado, delicadeza e amor, fez o que eu pedi.

– Agora vou tomar um banho. Será que você podia ficar do lado de fora?

Ele obedeceu. Entrei na banheira e me lavei, deixando que a água cobrisse minha cabeça repetidamente, sabendo, com uma certeza gloriosa e triunfante, que eu sobreviveria.

Depois, no quarto rosa-bebê de Henrietta, vesti um jeans e uma camisa que alguém trouxera para mim, e desci as escadas rumo à minha nova vida.

O que se pode dizer a respeito de funerais? São todos iguais e cada um é único. São a derradeira separação, a derradeira partida. Pois quem de nós estaria disposto a se juntar ao corpo no caixão, na terra, no fogo ou na água? A vida, geralmente, é mais amada do que o mais sagrado de nossos amores. É nesse conhecimento que se encontra o princípio de nossa crueldade e sobrevivência.

Aston me amara mais do que à própria vida. Por isso se destruíra.

Com o passar dos anos, seguiram-se alguns acontecimentos. Parte deles eu já lhe relatei. Meus pais se divorciaram. Fui cursar a universidade na América, depois voltei para a Inglaterra e me tornei jornalista.

Se tudo isso lhe foi relatado de maneira insípida, é porque a verdade de uma vida nunca pode ser contada.

Estou lhe enviando o depoimento de uma jornalista. Algumas fotografias o tornariam completo.

Minha história só precisou de uma noite para lhe ser contada. E 33 anos para ser vivida. A realidade de tudo isso vai desaparecendo – outras coisas vão desaparecendo. Tão poucas páginas para resumir a vida de Aston! Em sua vida, quantas páginas me estarão destinadas? O relato factual da vida de um homem pode ser resumido por qualquer jornalista em um ou dois artigos. E mesmo anos de pesquisa realizada por um biógrafo só conseguem ser o suficiente para um livro, que pode ser lido em duas ou três semanas.

Assim, eis aqui a minha história, em umas poucas páginas. O mapa de minha jornada rumo a você. Não para lhe explicar o que sou, isto seria desnecessário. Mas é como se mostrar uma velha fotografia a alguém que se ama, dizendo: 'Eu era assim naquela época', e sorrir para a criatura perdida da infância. Minha 'fotografia' provoca mais lágrimas que sorrisos, mas, de qualquer maneira, aquela pessoa já não existe mais.

Vem chegando o raiar do dia. Estou cansada. As letras me parecem frias e escuras na página branca...

Anna"

Foi entregue em meu escritório na manhã seguinte. O envelope, assinalado com as palavras "pessoal e confidencial", despertou alguns olhares furtivos de minha secretária.

Anna tinha razão: era um mapa. Apenas isso. Um presente que eu guardaria com carinho. Eu a conhecera no primeiro momento em que a vira.

Saí para dar uma caminhada rápida, tocando a carta em meu bolso, enquanto ia repassando o conteúdo na memória.

Pensamentos mesquinhos me ocorreram. Talvez a trágica história me tivesse sido contada para dar a Anna uma desculpa para sua sugestão de se casar com Martyn e ter também uma relação profunda comigo.

Ela propunha alternativas. Por que não começar eu mesmo a examinar algumas possíveis alternativas? Divorciar-me de Ingrid. Casar com Anna. Martyn é jovem; vai acabar superando tudo isso. E Ingrid, como seria afetada? Nosso casamento nunca havia sido uma relação apaixonada, e, por temperamento, ela era uma pessoa forte. Tinha um enorme círculo de amigos. Sobreviveria. Sally também era uma pessoa capaz de enfrentar adversidades. Afinal, o que eu tinha em mente era uma decisão cruel, e no entanto bastante comum. O único aspecto singular era o relacionamento de Martyn com Anna.

Minha carreira seria afetada, certamente. Mas poderia resistir à tempestade. Eu não era tão ambicioso a ponto de atribuir grande peso à carreira, se me visse diante da escolha entre a vida pública e a vida com Anna.

Mas Anna afirmara que não se casaria comigo. Ah, mas acabará concordando, acabará se casando, disse para mim mesmo. Visões de Anna ao meu lado, como marido e mulher – desjejuns a dois, jantares com amigos, férias juntos –, tomaram conta de minha mente. Um mal-estar se apoderou de mim. Aquelas visões eram de uma incongruência medonha. Não iria funcionar. Éramos feitos para outras coisas, para necessidades que tinham que ser atendidas dia ou noite – irresistíveis desejos repentinos –, uma estranha linguagem do corpo. Uma voz em minha consciência gritou: "Anna não se casará com você." E ela estava certa, sua alternativa era simples e completa. Ninguém sofreria. A superfície continuaria exatamente como estava. Ingrid e eu, Sally, Martyn e Anna, cada um de nós prosseguindo no caminho escolhido.

Afinal, eu levara uma vida que jamais havia sido real para mim. Certamente, poderia continuar com a mesma performance, agora que pelo menos tinha uma vida de verdade. A vida que Anna me dera.

24

— O padrasto de Anna chegou a Londres para uma estada de três dias, para participar de uma conferência de escritores. Martyn sugeriu que o convidássemos para jantar. Devo confessar que aceitei a sugestão com certa avidez. Acertamos o jantar para quinta-feira. Pedi que consultassem sua agenda, lá no escritório. Disseram que não havia problema.

– Ótimo.
– Já leu algum dos livros dele?
– Já. Na verdade, dois.
– Ah, esse meu marido intelectual!
– Imagine!

Eu vivia num país onde o fato de ter lido dois livros de um dos mais conhecidos escritores americanos modernos me tornava um intelectual.

– Bem, e que tal é ele como escritor? É muito famoso.
– Escreve sobre alienação. A alienação da classe média urbana. A América do século XX, divorciada de suas raízes, com todos os antigos valores desaparecendo sob o peso duplo da ganância e do medo.

– Meu Deus! Não me soa muito animador.

– Para falar com justiça, este meu comentário é um sumário clínico bastante resumido. O homem é um escritor brilhante. Os personagens femininos são especialmente bem construídos. Até as feministas gostam dele.

– Há quanto tempo está casado com a mãe de Anna? – perguntou Ingrid.

– Não tenho idéia.

– Que idade ele tem?

– Deve estar na faixa dos 60, eu diria.

– Bem, talvez ele possa me dar um outro ponto de vista com relação a Anna. Estou realmente curiosa e animada com a perspectiva desse jantar. Vou tentar ler um dos livros dele. Você acha que estão no seu escritório?

– É possível. Vou verificar.

Encontrei os livros com facilidade.

– Aqui estão – disse para Ingrid, que me seguira. – *O menino glorioso* e *Tempo de permuta*.

– Qual é o mais fácil? Não... qual é o mais curto?

– Tente *O menino glorioso*.

– Não vou conseguir acabar até quinta-feira, mas acho que consigo ter uma idéia do conteúdo, não é mesmo?

– Sem dúvida que sim, Ingrid. Ele tem um estilo muito específico que permeia toda a obra. Bem, preciso ir. Você está linda neste vestido bege. *Très chic*.

– *Merci, chéri... au revoir*.

Agora que eu vivia de verdade, caminhava e respirava – um ser criado por Anna, ó ser afortunado –, havia dias em que tinha mais prazer desempenhando meu papel de marido de Ingrid do que jamais tivera. Não senti culpa. Tudo ficaria bem com Ingrid. Naquela manhã, tive uma ilusão absurda de que ela sabia de tudo e compreendia. Sorriu para mim com uma expressão tão feliz, quando fui saindo, que quase me senti tonto de alívio e prazer.

25

Wilbur Hunter tinha presença. E sabia disso. Fiquei observando-o olhar para Ingrid de maneira séria e solene, misturada com intenso interesse.

Ao aceitar um uísque, comentou:

— Sabem, já faz muito tempo que não vejo Anna. Também nunca fui convidado para conhecer seus amigos. De maneira que esta é uma ocasião muito especial.

— Quanto tempo faz desde que esteve em Londres pela última vez?

— Ah, cinco, seis anos.

— Acha que mudou muito?

— Não permito que mude. Está marcada, de maneira imutável, em meu coração, como o lugar em que conheci a mãe de Anna, há 12 anos. Recuso-me a ver mudanças, em Londres ou nela.

— Que comentário galante! – disse Ingrid.

— Contrariamente à minha imagem, sou um romântico de coração. Você é romântico?

A pergunta era dirigida a mim. Podia perceber alguma coisa estranha em seu olhar.

— Oh, sim – foi Ingrid quem respondeu. – De uma maneira muito sutil, creio que ele é bastante romântico.

– Anna não é uma pessoa romântica, não é mesmo, Anna?

– Não.

– Já descobriu isso, Martyn? Ou talvez você discorde.

– Como você disse ainda há pouco, Wilbur, uma pessoa romântica se recusa a ver mudanças nas pessoas que ama ou nas cidades que guardam para ela lembranças afetivas. O significado da palavra "romântico" poderia ser, na realidade, "insincero". Não estaria de acordo?

– E Anna – concluiu Wilbur – é uma moça muito sincera.

– Sim – disse Martyn. – Ela é totalmente sincera. Para mim isto é extraordinariamente comovente e mais excitante do que se fosse romântica.

– De fato – comentou Ingrid, sentindo a conversa adquirir uma sutileza à qual ela não estava habituada.

– Isto não passa de um clichê, é claro – disse Wilbur –, mas creio que existem muitas versões da verdade. Versões da verdade podem ser perfeitamente aceitáveis, uma vez que, a maior parte do tempo, ninguém conhece toda a verdade, não é mesmo?

– Isto me parece um tanto cínico – comentei, tentando dar um tom mais leve às coisas. – O romantismo, como o idealismo, pode ser o último refúgio do cínico.

Martyn deu uma gargalhada. Wilbur virou-se para ele.

– Você ainda não se revelou, Martyn. Diga-me: será que você é o cínico mascarado de romântico, o dissimulador escondido sob a máscara da verdade?

– Sou como Anna. Sou sincero. Contudo, estou preparado para aceitar dos outros suas próprias versões da realidade. Creio, realmente, que é uma liberdade fundamental a possibilidade de cada um poder criar sua própria realidade a partir das verdades que lhe estejam disponíveis.

— Já posso ver que você e Anna combinam bem um com o outro. Anna me disse que está interessado em escrever romances, Martyn.

— Sim. Mas não são poucos os jornalistas que dizem isso.

— Mas você fala sério — afirmou Anna.

Martyn pareceu embaraçado.

— Você nunca me falou disso, Martyn — havia uma humilhante nota de petulância em minha voz. Tentei mudar o tom. — Isto é, acho que é muito interessante.

— Bem, papai, esta é a minha vida secreta — respondeu, rindo.

— Eu não tenho filhos — disse Wilbur. — Talvez por isso esteja sempre analisando esse tema em meus livros. E qual é a sua obsessão, Martyn? Um escritor é sempre obcecado por alguma coisa.

— Sou obcecado exatamente pelo tema que estávamos discutindo ainda há pouco. A verdade. Sou obcecado pela questão de a verdade realmente existir como um absoluto. Será que, ao mentir, uma pessoa estaria fazendo a descrição mais acurada da realidade de uma outra pessoa? É por isso que adoro o jornalismo. É a formação perfeita para o tema que quero explorar como escritor.

A voz de Martyn continuou a se fazer ouvir, mas sentia-me incapaz de absorver o significado de suas palavras. Surpreendido pela admiração e pelo ciúme, me dei conta de que meu filho, escondido pelo manto de sua própria realidade de beleza e inteligência, havia afinal se tornado, e de modo muito perigoso, meu rival.

— Lamento interromper, mas o jantar está pronto. Vamos passar para a sala de jantar — anunciou Ingrid.

Tinha recebido o sinal habitual de Alice, "o nosso tesouro", como Ingrid costumava chamá-la.

— Sabem, estou realmente feliz por conhecer todos vocês. Foi um enorme prazer para a mãe de Anna tomar conhecimento deste convite.

Wilbur nos envolveu a todos num sorriso, enquanto se sentava.

— Quando foi que viu sua mãe pela última vez, Anna? — Ingrid virou-se para Anna.

— Há quase dois anos.

— Isso é muito tempo — comentou Ingrid em tom discreto.

— Todas as famílias são diferentes — Martyn apressou-se a intervir em defesa de Anna.

— Em minha opinião, a relação entre mãe e filha é particularmente difícil — disse Wilbur.

— Escreve sobre o assunto de maneira tão sensível em *O menino glorioso*... — Ingrid me lançou um olhar triunfante.

— Obrigado, Ingrid.

— Anna costuma ver com mais regularidade o pai. Ele mora aqui na Inglaterra.

Ingrid tornou a olhar para Anna.

— Sim, de fato vejo meu pai com mais freqüência. É mais fácil. Costumava visitar minha mãe regularmente quando estudava na América. Wilbur sempre foi muito gentil.

— Quem poderia deixar de ser gentil com você? — Martyn olhou para Anna amorosamente. De repente, pegou a mão dela e beijou.

Uma voz em minha cabeça martelava as ordens. Fique quieto, fique quieto. Não diga nada. Não faça nada. Se não for capaz de se controlar e de lidar com isso, então, que diabo pensa que é capaz de controlar? A dor vai sumir. Vai sumir daqui a um minuto. Isso não é nada. É só uma brincadeira antes do jantar.

Eu queria berrar para ele: "Não toque nela! Não toque nela! Não toque na mão da minha escrava!" E para ela: "Escrava, vem já para junto de mim! Aqui! Na frente de todo mundo! Deixa-me adorar-te! Escrava, deixa que eu me ajoelhe diante de ti!"

Olhe só para ele. Olhe só para ele, a voz interior odiada prosseguiu, pense em todas aquelas mulheres em seu passado. Ele não é nenhum rapazinho apaixonado pela estranha sedutora e atraente. Ele está à altura dela, à altura de quem quer que seja. Está à sua altura. Mesmo sentado à mesa de jantar, seu estúpido arrogante. É um competidor à sua altura na cama. Encare esse fato, agora, de uma vez. Na cama, na cama, com Anna. Quando e com que freqüência? Pense nisso. Olhe para eles agora.

Você não consegue suportar isto. Não é capaz de se controlar e de lidar com a situação. Você nunca controlou coisa nenhuma em sua vida. Que diabo o fez imaginar que seria capaz de manter a sanidade nessas condições? Ou eu ou Martyn! Eu preciso, preciso tê-la. Não consigo respirar, não consigo respirar.

— Querido! O que foi? Sua mão! Você quebrou o copo com a mão! Martyn, corra até a cozinha, pegue um pano de prato e o estojo de primeiros socorros.

Olhei para minha mão ensangüentada e para os cacos de vidro partidos que iam caindo sobre a mesa.

— Ora, francamente, é apenas um pequeno corte. Veja só, Wilbur, a violência do jantar de uma família inglesa.

Wilbur deu uma gargalhada. Senti-me profundamente grato a ele. Engenhosa e inteligentemente, talvez de maneira deliberada, ele tinha privado aquele momento de sua dramaticidade.

Ingrid estava magnífica em seu desempenho. Fria, controlada, fez um curativo perfeito no polegar e no outro dedo cortado. Os cacos de vidro do copo quebrado foram retirados rapidamente por Alice. Num piscar de olhos um guardanapo branco tinha coberto a mancha vermelha na toalha da mesa. Como a mortalha que costumam atirar sobre os corpos dos mortos.

– Continuem. O tolo do pai desastrado já se recuperou. Está tudo bem. Voltemos à realidade. Ou, pelo menos, à versão de Martyn da realidade.

Talvez tenha sido o meu tom de voz, ou talvez a calmaria depois da tempestade no copo de vinho quebrado, mas minhas palavras foram recebidas com absoluto silêncio. Olhei para Ingrid, que me deu um sorriso sem graça, para Anna, que parecia triste, e depois para Wilbur, que agora parecia embaraçado. Finalmente, virei-me para Martyn. Ele me retribuiu o olhar com uma expressão de preocupação e gentileza. Senti uma força que quase me fez gritar: "Martyn, meu filho, meu filho!" Mas, evidentemente, nenhum grito foi ouvido, pois nenhum grito foi dado. E, então, a anfitriã retomou a operação de resgate.

Silenciosamente, eu a aplaudi. Muito bem, Ingrid. Que delicadeza de toque você tem. A delicadeza é tudo. Será que estou bêbado? Com certeza, não. Vinho derramado não é o mesmo que vinho bebido.

Deixamos a sala de jantar e nos espalhamos por vários pontos da sala de visitas. Procurei me sentar o mais distante possível de todos. Wilbur sentou-se junto de Martyn. Anna, que mais uma vez não revelara nada de si mesma em público, sentou-se em silêncio ao lado de Ingrid no sofá.

Formavam um quadro de contrastes. Ingrid, o cabelo louro bem-cuidado, bem penteado e lustroso, vestia uma blusa de seda cor de rubi e uma saia de veludo cinza. Anna, as mechas curtas de cabelos negros parecendo pintadas em sua testa, usava um vestido preto, de lã, com decote arredondado.

– Ingrid... vocês todos... Eu peço desculpas, mas tenho que ir. Vamos ter uma sessão noturna na Câmara. Preciso ir, são quase 11 horas.

– Você está em condições de dirigir, com a mão assim?

– Mas é claro. Isto não é nada.

– E eu também tenho que ir – Wilbur se levantou.

– Querido, você pode dar uma carona a ele, não pode?

– Não, não, nem pense nisso – interrompeu Wilbur.

– Nós deixamos você lá daqui a pouco... Tome mais um café, Wilbur – disse Martyn.

Fiquei de pé, um pouco indeciso por um momento.

– Wilbur, venha comigo. Não sairei do meu caminho. Está hospedado no Westbury, não?

– Sim, estou.

Já no carro, enquanto seguíamos, Wilbur comentou:

– Anna nunca tinha feito isso antes, sabe. Acho que talvez, finalmente, ela esteja feliz. Bem, ocasionalmente, fomos apresentados aos namorados, mas nunca às famílias. É claro que com Peter foi diferente, a mãe dele e Elizabeth são muito amigas.

– Peter?

– Bem, acho que começou como namorico de adolescentes.

Lembrei-me do rapaz no quarto cor-de-rosa, na noite em que Aston morrera.

– Tiveram uma história com muitos vaivéns. Durou anos, mas ela não conseguia sossegar. Ele queria se casar... mas Anna não queria. Acabaram rompendo o namoro. Ele se casou bem depressa, logo depois... um casamento infeliz, pelo que me disseram. Devo presumir, em virtude deste jantar, que Anna e Martyn estão pensando a sério em casamento, não?

— É possível.

Houve um silêncio constrangedor. Então Wilbur falou:

— Você está com um problema, amigo.

— Como assim? O que está querendo dizer?

— Homens que estilhaçam copos de vinho com a mão enquanto devoram moças com os olhos trazem feridas que não são apenas superficiais. Fique em silêncio, meu amigo, fique em silêncio.

Granito, luzes e uma turbulência de gente passou por nós rapidamente. Tarde demais para o silêncio. Tarde demais.

— Anna já foi responsável por muito sofrimento para um número considerável de pessoas. Na minha opinião, ela está completamente isenta de culpa. Mas é uma catalisadora da desgraça. Martyn talvez seja diferente. Ele parece deixá-la em paz, sossegada. Isto é vital para ela. Tente dominá-la, segurá-la à força, e ela lutará. Não se pode dobrar a vontade de Anna. Ela já se feriu uma vez. Precisa ser livre. Assim, ela sempre acaba voltando para casa. É claro, este aviso eu deveria estar dando ao noivo e não ao pai dele. Mas Martyn não parece precisar de conselhos. De forma que você, amigo, deveria ouvir com atenção o que estou dizendo. Naturalmente, é demasiado tarde para o único conselho que poderia salvá-lo: fique longe de Anna.

— Acho que chegamos ao seu hotel — estacionei o carro.

— Obrigado. Eu sou como um túmulo. Carrego comigo mais segredos do que pode imaginar. Provavelmente, voltaremos a nos encontrar. No que depender do meu comportamento, duvidará de que algum dia chegamos a ter esta conversa. Boa-noite e boa sorte!

E ele se foi.

Vi de relance meu rosto no espelho retrovisor. Pensei, de repente, em minha antiga vida, cheia de cuidados. Será que estaria pagando o preço da graça? De uma vida bem vivida? Da bondade dissociada de sentimento? De amor sem paixão? De filhos que não desejei muito? De uma carreira pela qual não lutei? O pecado seria o preço. O pecado. Será que eu, uma vez na vida, tinha coragem suficiente para pecar?

O rosto no espelho não me revelou nada. O mesmo rosto que, um pouco antes, havia revelado tudo a Wilbur.

Uma vez terminada a votação, saí da Câmara. Eram duas e meia da manhã.

Passei de carro pela porta da casa de Anna. O carro de Martyn não estava lá.

Eu tinha que tornar a entrar naquela sala. Precisava trazer aquele quadro de volta à vida. Tinha que ver aquele corpo na mesma posição. Queria olhar para ela, deitada sobre a mesa. Eu precisava penetrar naquele mundo de novo. Imediatamente.

A escuridão da rua, com as intermitentes ilhas de luz dos postes afastados uns dos outros, e o mistério adormecido da pequena casa silenciosa pareciam combinar-se para espicaçar ainda mais o meu desejo com a ponta aguda do medo. Medo de que ela pudesse não estar lá. Medo de que estivesse, mas com Martyn. Medo atiçado pelo desejo. Estava quase ofegante quando toquei a campainha.

Luzes, passos, e ali estava, diante de mim. Passei rapidamente por ela, entrando no corredor.

Olhei em direção ao andar superior.

– Martyn não está aqui?

– Não.

– Arrisquei. Não vi o carro.

Ela vestia um robe de seda escura, de corte masculino. Quando a segui em direção à sala, uma imagem de menino, de cabelos negros cacheados e costas largas, caminhando à minha frente, me fez estremecer. Era a lembrança de um Martyn adolescente, andando pelo corredor, vestido num robe de lã escuro, tarde da noite, quando eu voltava de uma sessão noturna, anos atrás.

Ela se virou e a imagem morreu, quando o robe se abriu e caiu, revelando-lhe os seios. Anna me levou até a mesa. Usei o cinto de seda e o robe de seda preta para montar um quadro vivo de movimentos deliberados e restrições, que em vários momentos privavam minha escrava da visão e da fala. Não sendo visto, eu podia adorá-la. Sem a possibilidade de seu consentimento verbal, podia fazer as exigências eternas de obsessão erótica.

Quando terminou, atirei o robe sobre os membros do corpo que eu tinha posicionado tão cuidadosamente, da mesma forma que, séculos atrás, os pintores haviam coberto a nudez dos corpos na Capela Sistina. Sob a seda, com o seu poder escondido, ela ficou deitada, me observando em silêncio, enquanto eu andava de um lado para outro da sala. Pensamentos e temores terríveis voltaram a me consumir.

– Quem é Peter?

– Já lhe falei dele antes.

– Eu sei. Mas atualize os fatos, Anna. Atualize-os para mim.

– Por quê?

– Porque a verdade de Peter como sendo o rapazinho que fez amor com você na noite em que Aston morreu e a verdade de Peter como alguém com quem você viveu e quase se casou são verdades muito diferentes.

– Mas não são relevantes no que diz respeito à história que lhe contei.

– História?
– A história que lhe contei.
– É tudo o que significa para você: uma história?
– Como poderia significar mais? Na época, você não me conhecia, nem a Aston, nem a Peter. Nesse tipo de ignorância, as vidas de outras pessoas são sempre simples histórias. As imagens que lhe dei foram como ilustrações. Se eu desaparecesse de sua vida amanhã, seria tudo o que você teria. Imagens numa história, gestos imobilizados num quadro.
– Bem, dê-me alguma imagem nova de Peter.
– Ele manca; de maneira bastante acentuada. Conseqüência de um acidente de esqui que sofreu faz alguns meses.
– Como é que você sabe?
– Porque eu o vi, algum tempo atrás.
– Pensei que agora estivesse casado.
– Está.
– Você o viu sozinho?
– Sim.
– Onde?
– Em Paris.

Saí da sala. Entrei no banheiro. Vomitei. Lavei o rosto. Depois, colocando uma toalha em torno dos quadris, fui andando lentamente de volta à sala onde Anna se encontrava.

Deixara a mesa. Estava sentada, fumando um cigarro, numa cadeira junto à janela. O veludo verde-escuro das cortinas se mesclava com o que, agora, eu via ser um robe de seda oliva. O seu rosto e os cabelos negros encaracolados pareciam quase um camafeu renascentista, a ilusão desfeita pela incongruência do cigarro.

– Fale-me sobre Paris.

— Martyn e eu deixamos o L'Hôtel. Depois do almoço, fui visitar Peter. Martyn foi fazer compras. Encontramo-nos mais tarde.

De maneira que, enquanto eu jazia prostrado pela névoa do álcool no L'Hôtel, tentando buscar e capturar vestígios de sua presença no quarto que acabara de abandonar, ela se encontrava com Peter.

— Onde foi que você o viu?
— No apartamento dele.
— E a esposa?
— Estava em Nova York. Estão praticamente separados.
— Como é que sabia que ela estava em Nova York?
— Telefonei para ele.
— Antes de ir a Paris?
— Sim.
— Então, Martyn foi a Paris com você acreditando que iria ter um fim de semana de paixão com a amante. Estou sendo acurado na descrição dessas circunstâncias?
— Sim.
— E eu fui porque não poderia sobreviver àquele dia sem ver você. E você, Anna, foi a Paris para ver Peter.
— Não. Isto não é exatamente a verdade. Eu queria ir a Paris com Martyn. Você me seguiu. Precisava de mim. Fui até você.
— E Peter?
— Peter está sempre lá, em segundo plano.
— Uma presença à espreita, na esquina.
— Se quiser assim.
— Por que é necessário um verdadeiro interrogatório para se obter de você até mesmo uma vaga idéia da verdade?
— Porque acho que as pessoas fazem perguntas quando estão prontas para as respostas. Antes disso, de maneira

geral, imaginam ou tentam perceber a verdade. Mas não a conhecem com certeza. Quando de fato querem saber, perguntam. É perigoso em ambos os casos.

— Perigoso. Por quê?

— Porque detesto ser interrogada. Por outro lado, tento não mentir. Esta noite você veio me procurar. Eu estava aqui; e sempre, de alguma forma, aqui estarei. O que mais importa? Se eu respondesse a todas as perguntas que quisesse fazer... o que é que você teria a ganhar? Nós temos nossa história. Deixe-a seguir em paz. Deixe em paz todas as outras pessoas da minha vida. Como faço com você. Nunca lhe pergunto a respeito de Ingrid, ou de outras mulheres... Houve outras mulheres?

Fiz que não com a cabeça.

— Sabemos que isto é extraordinário. Soubemos no segundo em que nos conhecemos. Nunca mais acontecerá de novo em nossas vidas. Deixe que siga em paz.

— Não suporto ver você com Martyn. Simplesmente, não consigo. É impossível. Posso bloquear esse tipo de pensamento, fazer de conta que a situação não existe, quando não vejo vocês juntos. Mas durante o jantar... olhando para os dois, senti tamanha violência... Senti que seria capaz de fazer mal a Martyn.

— Mas, em vez disso, você estilhaçou um copo. Não se preocupe, não vai cometer nenhum ato de violência. Fisicamente, você vai se controlar.

— Como é que sabe disso?

— Por causa de nós dois. Você está no seus limites mais extremos comigo. Não existe nada além para alcançar. Tente não me ver com Martyn. Mantenha-se distante, invente desculpas para estar ausente.

Atirei-me de joelhos diante dela.

– Anna, deixe Martyn. Acabe com essa história. Eu deixarei Ingrid. Dentro de algum tempo poderemos estar juntos em público. Até que isso venha a ser possível, nos veremos discretamente.

Levantou-se de um salto e se afastou de mim.

– Nunca, nunca. Eu nunca farei isso.

– Por quê? Meu Deus, por que não?

– Porque não quero mais nada de você além do que já tenho. E o que já temos seria destruído por você se ficássemos juntos.

– Não, não... Está enganada...

– Posso ver pelo seu rosto que sabe que estou certa. Você ficaria cheio de dúvidas e medos. E teria razão para isso, algumas vezes. Por exemplo, sempre irei ver Peter. Talvez eu pudesse querer ver Martyn. Não vou mudar a maneira como vivo. Tenho promessas a cumprir. Dívidas a pagar às pessoas. Não vou admitir que me obriguem a mudar isso.

– Mas eu lhe daria essa liberdade. Eu daria. Ensinaria a mim mesmo a fazê-lo.

– Não seria capaz. Estaria nas profundezas de um inferno que sequer pode imaginar. Toda a agonia, a angústia e o sofrimento por Ingrid, por Martyn, a culpa que sentiria, e para quê? Para nada além do que já tem agora, ou de que precise. E com o passar do tempo começaria a pôr em risco até isso.

– Martyn lhe pediu para se casar com ele?

– Não. Ainda não.

– Mas acha que pedirá?

– Sim.

– Por que vai se casar com ele?

– Porque Martyn não faz perguntas. Martyn me deixa em paz.

— E é a isso que se limitam suas exigências com relação às pessoas? Que simplesmente a deixem em paz?

— É uma exigência muito pesada. Até o presente momento, Martyn foi a única pessoa capaz de cumpri-la.

— Bem, é evidente que não sou.

Peguei minhas roupas e me vesti em silêncio. Ela acendeu outro cigarro e começou a falar.

— O que existe entre nós, existe somente em uma dimensão. Tentar aprisionar isso numa vida de rotina será a destruição para nós dois. Você nunca me perderá. Enquanto eu viver, você nunca me perderá.

— E Martyn?

— Martyn jamais saberá. Cabe a nós dois assegurarmos que ele nunca venha a saber. Existem algumas coisas a meu respeito que Martyn adivinha. Mas o nosso pacto, a maneira de nos relacionarmos, fica cada dia mais forte. Vai dar tudo certo.

— Se você e Martyn se casassem, onde é que poderíamos nos encontrar?

— Que pergunta de ordem prática para uma noite como esta! – ela virou o rosto para mim de um modo que, na meia-luz, parecia flutuar num mar verde-escuro, o verde da cortina e o da gola brilhante cor de oliva.

Parecia tão segura de si, tão forte... Como uma deusa a quem se pudesse entregar, em segurança, o próprio destino, com a certeza de que suas decisões seriam corretas, seu julgamento, sábio. Éramos cúmplices na conspiração de uma vida de traição e engano, que implicava o rompimento de tabus antiqüíssimos, bem como a crueldade mais ordinária e corriqueira do adultério. E sabíamos que prosseguiríamos até o fim. Estávamos circunscrevendo nosso mundo, e todos aqueles mais intimamente ligados a nós, a uma aparência de ordem. Uma ordem que proporcionaria nosso essencial, ardente e estruturado caos de desejo.

– Vou comprar um pequeno apartamento. Vamos nos encontrar lá. Deixe tudo isso por minha conta. É mais fácil para mim. Agora você precisa ir – ela sorriu quando nos separamos, à porta. – Deixe as coisas... irem seguindo o seu curso.

Estava quase amanhecendo quando me deitei na cama, ao lado de Ingrid.

– Desculpe a hora – murmurei. – John Thurler me apanhou de jeito... Ficou falando horas a fio... Você sabe como ele é.

Ela deu um gemido simpático e penalizado, entreabrindo os olhos por um segundo. Depois sua respiração retomou o ritmo regular. Fiquei deitado ali, na escuridão, perguntando a mim mesmo como é que eu ainda conseguia respirar.

26

— Recebi uma carta de Martyn me agradecendo, de maneira encantadora, pelo legado em fideicomisso que ajudei a criar para ele. Você conhece os termos. Isto significa que vão repicar os sinos de casamento? – era Edward ao telefone.

– É muito possível.

– Que pena que Tom tenha morrido antes de Martyn chegar à idade adulta. Teria ficado muito orgulhoso com o neto. Sinto falta de Tom, sabe? Era um homem fascinante, de um caráter maravilhoso.

— Eu sei.

De repente, a menção ao meu pai me trouxera de volta à memória meus dias de filho, havia tanto esquecidos. Os dias em que tinha sido filho de meu pai, tanto quanto pai de meu filho.

— Tenho sido uma pessoa afortunada – disse Edward. – Vi Ingrid bem casada e feliz esses anos todos. Agora existe a possibilidade de Martyn se casar. Não estou muito certo com relação a Anna. É evidente que Martyn a ama... de forma que vou procurar vê-la com mais simpatia. Sally e Jonathan parecem muito felizes juntos. Dentro em breve você pode se ver com os dois casados... que tal lhe parece?

Tentei fazer minha voz soar descontraída e satisfeita. Dei até a imitação de uma gargalhada ao estilo de Edward.

— Como vão as coisas com aquele comitê que está presidindo?

— Assim, assim.

— Você é mesmo a discrição personificada, não é? Escreva o que estou dizendo: vai ser promovido na próxima reestruturação de quadros. Você é um azarão até para mim! Mas funciona, esse seu perfil meio discreto. As pessoas gostam. Confiam em você. A confiança, nos dias de hoje, é um pequeno milagre. Ninguém parece mais confiar em ninguém. Pois bem, se essa história de fato acabar no noivado de Martyn com Anna, gostaria que o casamento se realizasse em Hartley. Que acha? Sei que é costume fazê-lo na casa da família da moça. Mas os pais dela são divorciados, a mãe vive na América. Provavelmente, estou colocando a carroça na frente dos bois, é só uma idéia. Diga alguma coisa.

— Parece-me uma ótima idéia, Edward. Mas eles ainda nem estão noivos.

– Pois é, tem razão. A festa de noivado será, então, em Hartley – deu uma risada bem-humorada. – Eu nunca desisto, não é? É a idade, sabe? Estou me apegando cada vez mais obstinadamente à família. Não quero permitir nenhum tipo de distanciamento. É muito estranha a velhice. Sempre soube que aconteceria, se tivesse sorte. Apenas não esperava que viesse tão cedo. Você compreende... vem cedo demais. Preciso deixar você trabalhar. Acho que Tom e eu fizemos bem ao pensar no futuro de Martyn e Sally. Ingrid ficará com Hartley, claro. E mais um bocado... bem...

– Edward. Por favor. Você tem sido maravilhoso conosco e com as crianças. Todos nós ainda temos muitos anos para viver juntos, anos e anos diante de nós.

– Espero que sim. Desculpe se acabei ficando um pouco sentimental. É a idéia de ver Martyn se casando. Ainda é cedo para isso, mas é claro que me traz de volta a perda da mãe de Ingrid. Ainda é uma terrível tristeza, sabe? Bem, dessa vez vou encerrar mesmo. Cuide-se.

– Você também, Edward. Até a próxima.

Desliguei o telefone e, com alguma determinação, tentei me tornar cego a uma visão de meu pai.

Você pode não ser mais um filho, parecia dizer ele, mas, meu Deus, você tem um filho. O que é que está fazendo? Que espécie de pai é você? Sempre foi um filho distante. Sempre foi distante de mim e de sua mãe. E um filho indiferente se torna um pai indiferente.

Talvez eu tenha tido um pai assim.

Vi a imagem dele afastar-se de mim. Sonhei ver todos os seus anos de amor fracassado destruírem-no.

27

Estávamos no quarto. Na verdade, nunca pensara nele como sendo nosso. Certamente, nunca pensara nele como sendo meu. Era o quarto em que Ingrid e eu passamos o tempo de nosso casamento – o quarto que conta a verdadeira história de um homem e uma mulher naquele estranho acordo. Mas a história não tem outros observadores além dos próprios participantes. Na maior parte dos casos, eles têm que mentir para si mesmos e um para o outro. Os segredos do quarto estão enterrados debaixo de camadas de tempo e de hábito, de filhos, de trabalho, de jantares, de doenças e da miríade de outros rituais e eventos com que amenizamos a dor.

Ingrid estava sentada à penteadeira, passando uma camada de creme no rosto e no pescoço. Tomava um enorme cuidado para não tocar nas tiras de cetim em seus ombros pálidos e delicados.

"As louras têm pele seca." Esta é uma das verdades absolutas da vida, gravada para sempre em minha mente. Embora nunca, de modo algum, tivesse sido uma mulher frívola, o ritual matinal e noturno era vital para Ingrid. Não me lembrava de tê-la visto deixar de cumpri-lo. A visão familiar das palmadinhas contínuas era regularmente acompanhada da repetição daquela verdade essencial: "Eu sei que é uma chateação. Mas as louras têm mesmo pele seca."

– Wilbur telefonou para nos agradecer pelo jantar. É um homem realmente fascinante, em minha opinião. Você não acha? – perguntou Ingrid.

– Escreve melhor do que fala.

– Ah, é mesmo? Eu o achei muito interessante durante o jantar.

— Não sei. Para mim, foi tudo bastante banal, para falar francamente; aquela conversa sobre as glórias da verdade etc.

— Ele gosta muito de Martyn. Acha que nosso filho vai se tornar um escritor? Parece-me bastante extraordinário que ele nunca tenha mencionado o assunto antes. O que estou querendo dizer é que nós nunca exercemos nenhum tipo de pressão sobre ele para que fizesse ou deixasse de fazer alguma coisa. Sinceramente, fiquei bastante satisfeita.

— Talvez só tenha dito aquilo para impressionar Wilbur.

— Ah, não. Martyn não é de se dar ao trabalho de querer impressionar alguém. À exceção, talvez, de Anna. Wilbur diz que a mãe dela vai ficar muito contente por saber que Anna está tão bem e tão feliz. Não são muito próximas, pelo que pudemos perceber. Como temos sorte com nossos filhos! Francamente, nossas dúvidas a respeito de Anna, a diferença de idade e coisa e tal, na realidade, de uma certa maneira, são questões bastante insignificantes. O que estou querendo dizer é: e daí? Ela é mais velha e um pouco mais sofisticada. Ele poderia ter-se apaixonado por uma outra moça, muito mais inadequada. O que você acha?

— Sim, acho que fomos afortunados.

— De qualquer maneira, tomei a decisão de pôr de lado as minhas preocupações e tratar de conhecê-la um pouco melhor. Até agora, tenho sido um pouco fria e distante, não acha?

— Você foi sempre muito gentil.

— Sim, sei disso. Mas "muito gentil" não é a mesma coisa que ser realmente simpática, não é? E, veja bem, será que se pode ser de fato simpática com a esposa de um filho da gente?

— Eles ainda não estão casados, Ingrid. Ainda não estão nem noivos.

— Sim, mas você sabe o que estou querendo dizer. É tão diferente para os homens... Não sentem a mesma sensação de perda quando um filho se casa. Talvez você sinta um pouco de ciúme do namorado de Sally, Jonathan, não?

— Nunca pensei nele.

— Ah! Este é um pouco o seu problema. Você, às vezes, dá a impressão de que realmente não pensa muito a respeito de nossos filhos... do futuro deles... seus relacionamentos.

— Não seja tola!

— Este seu comentário a respeito do namorado de Sally foi bem típico. Se eu não ficasse insistindo em falar a respeito de Anna, você, provavelmente, também nunca pensaria nela.

Estava de costas para Ingrid. Fechei os olhos. Uma vergonha súbita diante da torpeza da falsidade e da crueldade do subterfúgio apoderou-se de mim. Não consegui me mover nem responder.

— Querido? Querido, está se sentindo bem?

Eu me virei e percebi que Ingrid tinha visto minhas costas no espelho. Talvez o movimento de alguma linha de meu ombro ou de meu corpo tenha falado por si. Sem dúvida, o rosto que vi no espelho, quando me virei para ela, era o de um homem profundamente angustiado.

Os olhos de Ingrid se encheram de amor quando se aproximou de mim. Sua proximidade e meu sentimento de culpa desencadearam uma explosão de raiva em meu íntimo. Furioso e ameaçador, meu reflexo retribuiu meu olhar.

— O que está acontecendo? O que está acontecendo? — exclamou aflita.

— Nada. Nada. Deve ser a idade. De repente me senti velho.

— Ah, meu querido! É só porque as crianças estão pensando seriamente em casamento, é apenas isso. Você não é velho. Ainda é o homem mais atraente que já conheci.

Ela estava bem perto de mim; seu corpo, vestido de cetim, encostado no meu, num abraço familiar. Segurei-a pelos ombros e, mantendo uma distância de alguns centímetros entre nós, beijei-lhe a testa. Depois me afastei. Foi uma rejeição. Nós dois tínhamos consciência disso.

— Aconteceu alguma coisa que você não tenha me contado? – não olhava para mim, enquanto passava creme nas mãos.

— É claro que não.

— Está preocupado com alguma coisa? Talvez o comitê...

— Não! Não houve nada, Ingrid, desculpe-me. Foi só que de repente me senti velho e cansado. Agora já passou. Vou descer para ler um pouco. Tenho uma papeleta que preciso despachar. Vou subir mais tarde.

Um olhar de raiva faiscou repentinamente entre nós. Ignorei-o e saí do quarto.

Uma vez lá embaixo, me servi de um uísque. Tenho que encontrar uma maneira de nos encaminhar, rapidamente, rumo ao casamento para o qual fomos destinados. Um casamento de contato físico cada vez mais reduzido, que não causasse comentários nem sofrimento. Nosso casamento nunca fora mesmo rico em paixão. Com certeza, deveria ser possível acelerar a rota já bem estabelecida rumo ao celibato.

Tenho que fazer com que aconteça. A proximidade física de Ingrid estava se tornando para mim algo impossível de enfrentar. Uma necessidade doentia de Anna arrebatava com violência todo o meu ser. Era como se Ingrid tentasse invadir o espaço que o fantasma da ausência de Anna preenchia. O ar carregado do combate fazia com que me sentisse mal.

Você vai acabar ficando realmente muito doente, advertia uma voz interior. Sabe disso, não sabe? Sim, doutor. Médico, cura-te! Sorri a contragosto ao me lembrar do velho provérbio. Talvez punição fosse aquilo de que eu precisasse.

Tendo tomado a decisão de impor mais um sacrifício à felicidade de Ingrid, dediquei-me ao trabalho.

O café da manhã, no dia seguinte, foi monossilábico e frio. Para meu constrangimento, a preocupação de Ingrid comigo com freqüência triunfava sobre sua vontade de me punir.

Permaneci frio e reservado. Estava ansioso para manter certa distância entre nós, de forma a permitir que emergisse um novo padrão de relacionamento. Foi uma coisa decidida com extrema delicadeza, aquela sabotagem cuidadosa das fundações de um casamento.

– Quero organizar a festa de aniversário para papai, no dia 20. Achei que seria simpático se pudéssemos todos chegar para o jantar, na noite anterior, e ficar para o almoço, no domingo. Vou conversar com Ceci. Posso planejar o cardápio para o almoço. Sally e eu podemos ajudar Ceci a preparar as coisas. Depois, Anna também irá, é claro; ela também pode dar uma ajuda.

Essa domesticação de Anna me parecia parte de uma conspiração arquitetada por Ingrid. Será que não era capaz de ver a incongruência de enfiar Anna em uma cozinha? Tive uma visão das quatro mulheres: Ceci, Ingrid, Sally – todas ocupadas, competentes e em território conhecido – e

Anna, tecendo seu mistério e seu poder em volta da cozinha. Anna, imbuindo as demais de uma outra aura de feminilidade, uma aura infinitamente mais poderosa do que o encanto dos cuidados e da gentileza. As outras eram todas figuras recortadas em papelão; somente Anna era real, gloriosa e perigosa.

– Eu talvez tenha que ir depois. Vou verificar, mas acho que não haverá problema com o almoço de domingo.

– Ótimo. Tenho certeza de que papai vai adorar. Podemos discutir os presentes mais tarde.

Ingrid olhou para o relógio de pulso; estava ansiosa para ser ela a determinar o fim da conversa, a dispensar minha presença. Uma vingança pela noite anterior.

– Tenho que ir andando.

Fiz um movimento em sua direção, para dar o beijo habitual no rosto. Mas ela apenas esboçou um sorriso ligeiro e, como virou de leve a cabeça, meus lábios tocaram somente seus cabelos. Talvez aquela fosse uma outra mudança sutil no ritual, passar da pele para os cabelos, no caminho cada vez mais longo que ia separando nossos corpos.

No carro, lembrei-me de que fora em Hartley que eu pedira a Edward a mão de Ingrid em casamento. Fazia tanto tempo... Um fatídico "sim", que tivera como resultado Martyn e Sally, e anos e anos de paz e contentamento, boa sorte e prosperidade.

Hartley também cairia diante de Anna. Suas outras associações seriam alteradas para sempre. Os muros e jardins, ignorantes de sua presença até agora, os domínios mais caros a Ingrid, também teriam que se render.

Telefonei para ela. Era cedo, estava em casa.

– Hartley!

– Sim, eu sei. Era impossível dizer não... – Anna fez uma pausa. – Não creio que tenha mencionado o fato, mas estarei fora durante a semana que vem, até quinta-feira à noite.

Fiquei calado, pensando. Não pergunte para onde vai. Não pressione, adverti a mim mesmo.

Ela riu, como se tivesse lido meus pensamentos, e disse:

– Tenho que ir a Edimburgo para fazer uma reportagem, só isso.

– Ótimo. Meu comitê está em plena fase de elaboração das propostas. É preciso preparar os documentos definitivos.

– Ao que parece, a vida continua.

– A superfície precisa de alguma atenção, estou de acordo.

– As fronteiras externas de nosso mundo precisam ser postas em ordem. Só então nossa secreta vida verdadeira poderá continuar.

– Conhecemos muito bem um ao outro.

– É, de fato.

– Adeus. Até Hartley.

– Até Hartley... Adeus.

28

Hartley nunca me tivera sob o jugo de seu encanto. Era a casa de Edward. O lugar onde Ingrid nascera e passara a infância. O lugar em que costumava passear a cavalo e sair para pescar com Edward durante as férias escolares.

– Olhe, bem ali. Foi onde caí de Border. Papai achou que eu tinha morrido. Foi apenas uma concussão. Ali era onde costumava me sentar e sonhar com o futuro. Foi lá, atrás daquela roseira, que meu primeiro namorado me beijou!

Eu ouvira todas as suas recordações sonhadoras com uma polidez que deveria ter me deixado preocupado. Um homem apaixonado não ouve com tamanho distanciamento as histórias da infância de sua amada. Tampouco observa com olhos tão frios a casa que a abrigou.

Enquanto ia dirigindo o carro a caminho de Hartley, no sábado, ao anoitecer, tentei visualizar o lugar com os olhos de Anna, vendo-o pela primeira vez.

Depois de passar pelos portões de ferro, uma longa entrada para carros, em linha reta, leva à fachada gótica de pedra cinzenta. A porta de carvalho maciço, circundada pela hera, tem uma solidez tranqüilizadora. Uma vez lá dentro, e com a porta fechada, as paredes revestidas de madeira trabalhada em painéis e as janelas altas, guarnecidas de gelosias, impõem seu próprio ritmo silencioso. A grande escadaria de carvalho entalhado parece separar vigorosamente a noite do dia, de forma que se aprecie mais intensamente o encanto de uma e de outro.

A sala de visitas está voltada para o sul e dá para um gramado regular, para além de cujos limites estendem-se as terras de Edward, assegurando-o de seus domínios até onde a vista alcança.

A sala de jantar, com o aparador de mogno carregado de pratarias, anuncia o conceito tipicamente inglês: "A comida pode ser um assunto sério, mas não é importante." Embora sejam preparadas com delicadeza e bom paladar, as refeições não são os momentos mais importantes de um fim de semana em Hartley. A sala de jantar, de pesada imponência e pouco acolhedora, seria capaz de derrotar qualquer ambição culinária.

A biblioteca é cheia de livros que deixariam embaraçado um europeu de boa educação e boa cepa. Livros sobre caça, caminhadas no campo, algumas biografias – geralmente de heróis militares –, alguma coisa sobre história geral. Nenhum dos clássicos, nada de poesia, nenhum romance. As poltronas são convidativas e cuidadosamente localizadas ao lado de mesas carregadas de revistas sofisticadas sobre a vida no campo, o verdadeiro material de leitura da casa.

No andar de baixo, o único aposento em que algum dia já me senti à vontade é a sala de visitas. Praticamente nunca visitei a cozinha. Ceci, a cozinheira, reina soberana em seu domínio.

A escadaria leva a um grande saguão e dois corredores, um dos quais passa por quatro suítes e acaba na grande porta do quarto de Edward. O outro, mais curto, passa por duas outras suítes, terminando em uma pesada porta de carvalho que dá para o quarto que foi, ao longo dos anos, usado por Ingrid e por mim.

Os quartos, todos revestidos de madeira e, às vezes, tendo como acesso dois ou três pequenos degraus, são verdadeiramente encantadores. Cada um deles tem uma colcha com um motivo de flor ou planta diferente, com almofadas combinando. Tudo foi, há muitos anos, bordado pela mãe de Ingrid. Com o passar do tempo, cada quarto assumiu o nome da flor ou da planta bordada – Rosa, Íris, Narciso.

Conhecia tão bem aquela casa, seus quartos e seus jardins, e no entanto ela não me falava à alma. Visitava a propriedade com freqüência e, depois de quase trinta anos, continuava sendo um visitante. Será que Anna seria igualmente inacessível aos seus encantos?

Estacionei o carro. Meu devaneio estava encerrado. Ingrid, Sally e Jonathan vieram me receber na entrada.

— Edward está no quarto, falando ao telefone. Fez boa viagem?

— Sim. Muito rápida.

— Anna e Martyn vão chegar mais tarde. Anna tinha um trabalho para terminar. Pedi a Ceci para atrasar o jantar até às 9h15. Espero que a esta altura eles já tenham chegado.

— Como vai o senhor?

Acenei com a cabeça para Jonathan e decidi adiar um pouco mais a intimidade de ser chamado pelo nome.

Ingrid enfiou o braço no meu enquanto seguíamos Sally e Jonathan em direção ao saguão.

— Edward botou a garotada toda no corredor dele, longe dos pais. Temos quartos vazios ao longo de todo o nosso corredor. Um bocado esperto, não acha?

— Muito.

— Vamos subir para você trocar de roupa.

Nosso quarto se chamava Rosa. A colcha, bordada em tons de vermelho, branco e rosa, era uma lembrança vívida e forte de dias perdidos para sempre, e, ao entrar ali, pareceu-me de uma inocência acusadora.

Edward estava na sala quando desci.

— É realmente maravilhoso vocês todos terem vindo — disse. — Não tenho palavras para expressar o enorme prazer que isso me dá. Aniversários já não têm tanto significado, hoje em dia. Mas, mesmo assim, acho que 74 anos merecem ser comemorados.

— Mas é claro que sim.

Estava com ótima aparência. Sempre estivera envolvido por uma espécie de luminosidade, como uma aura rosada. Na velhice, caía-lhe muito bem.

— Quer um drinque?

— Obrigado, um uísque.

— Ingrid me disse que Anna e Martyn vão chegar mais tarde.

— Sim.

— Simpático da parte dela vir. Na verdade, deve ser meio chato, para ela. E o namorado de Sally... Fiquei bastante comovido com o esforço deles.

— Que bobagem, Edward! Você é o favorito em todas as faixas de idade.

— Sou mesmo? Sempre quis me manter em contato com a turma mais jovem. Isso dá à gente uma sensação de continuidade. Seria maravilhoso ter bisnetos. Acha que existe alguma chance, antes que eu me vá?

— Edward, eu lhe desejo tetranetos.

— Ah... sempre o diplomata.

Ingrid veio até a porta.

— Eles chegaram. Vou avisar Ceci. Assim, vai dar para tomarem um banho rápido, se vestirem e depois descerem para o jantar. É o tempo exato.

Anna estava de calça comprida cinza, feita sob medida. Aquela aparência informal e mais esportiva a modificava de alguma maneira.

Terminados os cumprimentos, ela subiu. Mais tarde, voltou com um vestido azul-marinho que eu já conhecia. Ainda parecia diferente. Ela está pouco à vontade, tensa, pensei. Nunca a tinha visto pouco à vontade, anteriormente.

O jantar foi tranqüilo. Todo mundo estava cansado depois da viagem. Era um momento para recordações.

— Anna, que lembranças você tem de sua infância?

— Na realidade, muito poucas. Viajávamos tanto...

— Não consigo me lembrar de nenhum momento de minha vida sem Hartley — comentou Ingrid.

— Anna tem suas recordações — aparteou Martyn rapidamente. — Só que são mais variadas... quase que impressionistas. As de Sally e as minhas são de Hartley e de Hampstead.

— Era muito difícil na época em que você era menina? Estar sempre se mudando? — perguntou Sally.

— Era apenas muito diferente, como disse Martyn. Na verdade, minha infância se resume numa série de impressões... de países, de cidades, de escolas.

— E de chegadas e partidas. — Martyn lançou um sorriso compreensivo na direção de Anna, um sorriso que parecia dizer: "Eu compreendo, você não está mais sozinha."

Olhei demoradamente para as pratas no aparador e desejei intensamente que o jantar acabasse. Eu poderia ter evitado isso, pensei. Poderia ter inventado uma desculpa — uma boa desculpa. Mas quis estar presente. Precisava estar presente.

— Martyn e eu fomos tão afortunados... — disse Sally. — Uma vida sossegada em Londres, montes de férias e feriados em Hartley...

— Sempre o mesmo vilarejo na Itália, todos os verões — comentou Martyn. — A repetição de rituais pode ser uma espécie de bálsamo para a alma. Estou de acordo com Sally. Nós dois tivemos infâncias idílicas... sob diversos pontos de vista...

— Não de todos os pontos de vista? — perguntou Ingrid, rindo.

— Ah, toda criança ingrata tem uma lista de situações em que acha que seus pais a decepcionaram. Mas a minha é bem curta.

— Ora, vamos – disse Edward –, já conseguiu nos deixar todos fascinados e curiosos. O que está na lista? Eles costumavam lhe dar surras, às escondidas? – Edward esfregou as mãos, já se divertindo antecipadamente.

— Havia ordem demais... uma falta de caos e paixão.

O rosto de Martyn ficou completamente imóvel, sem expressão, como se estivesse recitando palavras desprovidas de sentido. Sua voz não tinha nenhuma inflexão. É assim que freqüentemente revelamos um profundo sofrimento interior.

O esforço que fazemos para nos manter contidos rouba nossas palavras de toda cor e expressão.

Olhamos um para o outro, cada um sentado de um lado da mesa. Um pai que tinha perdido a oportunidade de conhecer seu filho. Um filho que acreditava conhecer o pai.

— Bem – declarou Jonathan –, se você quer caos e paixão, deveria ter vivido em nossa casa. Meu pai era um perfeito cavalheiro. Mas não é nenhum segredo o fato de que era um conquistador compulsivo. Ele e minha mãe viviam tendo as brigas mais tenebrosas. Apesar de tudo, ela continuou com ele. Imagino que por mim e por minha irmã. Hoje em dia, são muito felizes. Mas deve-se levar em conta o fato de que, já há algum tempo, ele anda com a saúde abalada. Parece cruel dizer isso, mas ela gosta da fraqueza dele. Ele, de certa maneira, se rendeu a ela, como um bom menino a uma babá amável e paciente.

— Ah, as coisas que o tempo faz com todos os jovens! Os jovens rebeldes! – Edward deu um profundo suspiro. – Que histórias eu não poderia contar a vocês!

— Antes de a conhecer, Anna, Martyn era um par muito disputado e circulava um bocado – comentou Sally.

Anna sorriu.

— É, eu ouvi falar.

— Quem lhe contou?

— O próprio Martyn.

— Ah! Uma confissão detalhada, não foi, Martyn?

— Não, de jeito nenhum – disse Anna. – Não fiquei surpresa. Martyn é muito atraente.

— É um homem extraordinariamente bonito – declarou Ingrid. – E aqui quem fala é a mãe coruja. Agora vamos todos tratar de deitar cedo e dormir bem. Alguém faz aniversário amanhã. – Ingrid deu um beijo em Edward.

No saguão do segundo andar, os desejos de "boa-noite" e "durma bem" foram um pouco desajeitados, constrangidos. Anna estava no quarto do final do corredor de Edward, o Jacinto. Martyn estava no quarto ao lado, o Hera.

— Eu costumava achar que tudo isso era excessivamente bonito e feminino. Então Edward me explicou com que cuidado, atenção e carinho cada uma das colchas, com as almofadas combinando, fora bordada. Hoje em dia, penso nelas como uma bela e delicada homenagem à vovó.

Ingrid acariciou o rosto dele.

— Como você é gentil, Martyn. Agora vamos indo, vamos deitar. Nós estaremos ali, no final do corredor.

Ela sorriu para todos. Foi um sorriso conspirador, como que dizendo: "Agora é com vocês, mas não criem situações embaraçosas para ninguém."

Fizemos meia-volta e fomos andando para o nosso quarto. Senti uma humilhação que jamais sentira antes. Meu corpo parecia pesado e desajeitado. Encostei-me contra a porta assim que a fechamos.

— Esta cena toda foi um tanto pudica – disse em tom irritado para Ingrid.

— Pudica! Mas que palavra estranha você escolheu. Somos de uma outra geração. É bastante compreensível que eles possam querer ter alguma certeza de que não estamos muito perto deles. Por outro lado, não quero ver Edward passando por situações embaraçosas para ele, daí os quartos separados. De qualquer maneira, não sei até que ponto as coisas já evoluíram entre Jonathan e Sally. É uma forma de evitar tensões para todo mundo. Já com Anna e Martyn é diferente.

– Você parece estar adquirindo um apreço todo especial por Anna, ultimamente.

– *Force majeure*, querido. – Ingrid começou a tirar a roupa. Durante o ritual dos cremes, na penteadeira, ela parou de repente e disse: – Alguma coisa está acontecendo conosco. Não compreendo o quê. Mas, por favor, não pense que não percebi que está acontecendo. Sei que você é fiel, sei que não está tendo um caso. Nunca foi de nosso temperamento ter conversas francas, de maneira que eu simplesmente vou esperar. O que falei, quanto a ter casos, parece arrogante? Pois não foi minha intenção. Sua fidelidade é muito importante para mim. Eu não poderia ser uma Jane Robinson. O que Martyn disse a respeito da falta de caos e paixão... bem, foi o que achei atraente em você. E ainda acho. Tudo funciona de uma maneira que é certa para nós, a maior parte do tempo. Não é mesmo?

– Ah, Ingrid! Minha querida, eu lamento muito. Sei que é um clichê terrivelmente batido, mas estou com um problema que tenho que resolver sozinho. Você é tão compreensiva e sensível ao deixar que eu busque uma solução segundo o meu próprio ritmo, sem me apressar...

Encontramos o olhar um do outro. Conseguimos desviar os olhares antes que a verdade pudesse ser vista por um de nós. A intimidade implícita é o voto de núpcias de bons companheiros. Votos que são honrados atrás das portas fechadas dos quartos onde, aprisionados na mortalha do desejo extinto, o casal se entrega ao prazer a que tem direito. Convencem a si mesmos de que não foram trapaceados nesse jogo de roleta da paixão sem ardor. É um legado de uma geração à outra. Os laços do bom casamento.

Fiquei deitado ao lado de Ingrid enquanto ela adormecia. A raiva e o ódio se agitavam, me torturando, como serpentes sibilando. Suas línguas me diziam: Vá buscá-la. Vá buscá-la. Leve-a embora, sussurravam. Obrigue-a a ir com você. Obrigue-a a abandonar Martyn. Esta noite. Simplesmente abandone todo o resto. Agora.

Eu queria me contorcer, me debater e lutar contra as suas obscenidades. Mas fiquei deitado em silêncio e imóvel ao lado de minha bela esposa adormecida.

Às duas horas da manhã, não consegui mais suportar aquilo. Levantei-me. Quando abri a porta, vi Anna de pé, do lado de fora de um dos quartos vazios em nosso corredor. Era o Oliva. Anna fez um sinal para mim com a mão e sorriu levemente. Quando entramos no quarto, ela disse:

– Escolhi este quarto por causa do símbolo de paz. Fiquei me perguntando se você viria. Pude perceber seu sofrimento.

Movi meu corpo de encontro ao dela, desesperado. Ela levantou a mão, cobrindo o estômago, e disse:

– Não. Estou menstruada.

Então se ajoelhou diante de mim, os lábios entreabertos, a boca aberta, esperando. Eu a venerei. Tinha a cabeça inclinada para trás, os olhos estavam fechados, como se estivesse cumprindo algum ato ritualístico de genuflexão.

Subordinação a ela. Êxtase. Como sempre. Depois, com os olhos abertos, observei a leve mutilação de suas feições pelo esforço de manter a boca aberta. Esgotado por ela pensei na desesperança do prazer. Ainda era prisioneiro de meu próprio corpo.

O quarto estava iluminado pelo luar. Antes de me deixar, ela falou:

– Hoje eu disse sim para Martyn. Ele vai contar à família amanhã, durante o almoço. Quer fazer do anúncio uma celebração familiar. Vai ser muito difícil para você. Mas, por favor, lembre-se de que sou tudo que precisa que eu seja, você vive dentro de mim – ela passou a mão de leve sobre a boca e disse: – Lembre-se... tudo, sempre. – Então, saiu rapidamente.

Baixei a cabeça no quarto escuro. Tinha a sensação de que um peso enorme havia sido colocado sobre os meus ombros. No escuro, a colcha e as almofadas bordadas com folhas de oliveira eram tudo o que meus olhos podiam ver. Consciente de sua paz e beleza, deitei-me sobre elas. Eram um arvoredo verde sob a luz do luar. Senti a raiva e o ódio irem desaparecendo. Podia carregar o meu fardo. Podia conviver com "tudo, sempre".

Depois de algum tempo, não sei quanto, cuidadosamente me enfiei de volta na cama, ao lado de Ingrid, e dormi um sono profundo. Na manhã seguinte, sabia que não queria ver Anna e que precisava de tempo antes de poder encarar Martyn. Uma vida nova estava começando. Uma vida em que Anna e Martyn seriam, formalmente, um casal. Eu tinha que aprender a carregar o peso daquela realidade.

A tensão em meus ombros, entre as omoplatas, me dizia que esta era uma cruz que eu decidira carregar. Algumas pessoas escondem sua dor na corrente sangüínea, ou nos intestinos, outros permitem que chegue à superfície da própria pele, estigmas diários. Uma lembrança de infância da minha babá católica, uma de suas imagens sagradas da cruz sendo carregada a caminho do calvário, tornara-se, após todos esses anos, a imagem de meu corpo para o sofrimento de minha alma.

— Vou tomar um chá com torradas na cozinha, depois vou fazer uma caminhada. Ficarei aqui em cima, no quarto, trabalhando até a hora do almoço. Você se importa?

— É claro que não. Todo mundo vai compreender — disse Ingrid.

— É que aqui em Hartley os cafés da manhã podem durar até a hora do almoço.

Ceci estava na cozinha. Observou com uma expressão desaprovadora enquanto comi as torradas e tomei o chá, de pé, junto à mesa. Então, ouvindo o som do riso de Sally vindo da sala de jantar, abri a porta da cozinha e saí.

Fui caminhando pelo jardim cercado por muros atrás da cozinha. Sua perfeição ordenada me fez lembrar que a natureza selvagem pode ser domada e posta a nosso serviço. Caminhei pela campina onde, em outros tempos, os pôneis de Ingrid, e depois os de nossos filhos, tinham pastado. Tudo que eu vi — o jardim, a campina, o pequeno riacho quase seco — me falava de uma vida da qual estava para sempre e irrevogavelmente separado.

Quem era o rapaz que havia caminhado por aquela mesma campina quando fazia a corte a Ingrid? Onde estava o pai que tinha fotografado Sally e Martyn enquanto trotavam em seus pôneis, desajeitadamente mas cheios de orgulho?

Consegui voltar ao quarto sem ter que dizer bom-dia a ninguém. Trabalhei na minha papelada e tentei me acalmar antes do almoço.

— A Edward — o brinde era meu —, os votos de feliz aniversário e muitos anos de vida de todos nós.

— A Edward — todos levantamos os copos.

Anna lançou um olhar furtivo e cheio de nervosismo na direção de Martyn. Ele se levantou e tomou a palavra.

— Vovô... vocês todos... tenho uma coisa para contar a todo mundo. Anna e eu achamos que seria apropriado, em honra ao seu aniversário... anunciar nosso noivado! Mamãe... papai. — Ele olhou para nós, ansioso, suplicante, bonito. Também havia uma expressão sutil de triunfo em seus olhos.

— Ora, muito bem... — disse Ingrid —, mas que maravilha! Meus parabéns, Martyn! Anna, fico muito feliz por vocês dois!

— Martyn, não sei como dizer o que isto significa para mim — agora era Edward quem falava. — E justo no dia do meu aniversário. Estou muito emocionado, meu filho, muito emocionado mesmo — olhou para Ingrid. — Martyn sempre foi de uma delicadeza de sentimentos comovente. Você escolheu bem, minha cara — disse para Anna. — Não se importa com o fato de eu dizê-lo, não é mesmo? É uma pessoa muito especial este meu neto. Veja bem... ele também teve sorte. Ótima moça... foi o que pensei no segundo em que a conheci.

Sally tinha se levantado de um salto e corrido para abraçar o irmão.

— Parabéns para os dois! É uma bela notícia!

Jonathan fez sua contribuição, dizendo:

— Bravo, Martyn! Mas, atenção, eu já tinha previsto que isso daria em casamento há séculos. Não foi, Sally? Sempre disse que Anna e Martyn foram feitos um para o outro. Desde o início. Esse jeito reservado, aparentemente desinteressado, de vocês dois, nunca me enganou nem por um minuto. Perdidamente apaixonados. Sem sombra de dúvida.

Diga alguma coisa agora. Você é o único que ainda não disse uma palavra. Diga alguma coisa agora. Minha cabeça dava voltas.

– Martyn.
– Papai.
– O que pode dizer um pai numa ocasião dessas? É um dia estranho e maravilhoso. Meus sinceros votos de felicidades para os dois.

Deve ter soado bem, porque ele sorriu e me respondeu:
– Obrigado, papai.
– Vocês vão se casar aqui em Hartley? Vocês têm...
– Pai! Eles apenas acabaram de anunciar o noivado. Os pais de Anna podem ter outros planos. De maneira geral, são os pais da noiva que...
– Ah, sim, já sei de tudo isso. Mas com a mãe de Anna morando na América pensei que...
– Podemos nos divertir muito fazendo todos esses planos – disse Ingrid. – Quando é que estão pensando em se casar? Já marcaram uma data?
– Na verdade, não – respondeu Anna.
– O mais rápido possível – acrescentou Martyn. – Pensamos em marcar para daqui a três meses, se tudo der certo.
– Três meses! Não é muito tempo! – Ingrid já estava planejando o casamento.
– Na realidade, provavelmente vamos acabar fazendo apenas uma pequena cerimônia de casamento em algum lugar. Anna detesta grandes casamentos.
– É mesmo? – disse Ingrid, tentando esconder o desapontamento em sua voz.
– Achamos que uma pequena cerimônia com a família...
– Família! Santo Deus! Você tem que contar para os seus pais – exclamou Ingrid. – E nós precisamos conhecê-los em breve.

— Vou telefonar para eles, se me derem licença. — Anna olhou para Edward.

— Mas é claro que sim.

— Eu ia fazer da maneira tradicional. Sabem como é, pedir permissão e aquelas coisas todas. Mas Anna achou que não era preciso. De forma que aqui estamos nós, vovô... interrompendo sua festa de aniversário.

— Sim, estão mesmo — disse Edward zombeteiro, fazendo-se de zangado. — E eu nem abri os meus presentes ainda. Vamos todos acabar de comer o pudim, tomar champanhe e abrir os presentes na sala de visitas. Depois o alegre casal poderá usar o meu escritório para dar os seus telefonemas.

Quando Anna passou por mim, seus olhos encontraram os meus. Fiquei satisfeito ao ver que parecia triste.

Tomei o meu uísque e observei o champanhe aumentar ainda mais a alegria geral, à medida que a festa prosseguia. O uísque é uma bebida que ajuda a pôr as coisas em ordem. Homem nenhum jamais bebeu champanhe após uma derrota. Depois dessa derrota, não lhe resta mais nenhuma saída, disse a mim mesmo. Também não sentia raiva ou ódio. Apenas uma aceitação, uma resignação ao sofrimento. Confiava em Anna. Ela confiava em mim. Se queríamos "tudo, sempre", esse era o melhor caminho. O caminho de Anna.

Observar a felicidade dos outros, enquanto se está sofrendo, é testemunhar o que parece ser uma insanidade tomar conta de pessoas normais. Todos os meus anos como o intruso tranqüilo não me prepararam para a solidão brutal que senti naquele dia. Agarrando-me à esperança de Anna, tive que vê-la ir-se afastando, cada vez para mais longe. Impossibilitado de lhe gritar: "Ajude-me, ajude-me, eu não estou conseguindo fazer isto", tentei aparentar jovialidade. Recebi os agradecimentos de Edward por nosso presente – Ingrid tinha mandado fazer uma foto aérea de Hartley – e ouvi a ascensão e queda de perguntas e respostas a respeito do futuro casamento de meu filho. Preso na armadilha, sabia que não deveria demonstrar medo. Se fracassasse, provocaria exatamente aquilo que mais me aterrorizava – a perda definitiva de Anna. A dor entre as omoplatas enterrou suas garras mais profundamente em mim. O uísque parecia aguçar a percepção de tudo que eu via, em vez de embaçar todos os contornos, conforme eu desejava.

Martyn e Anna foram ao escritório de Edward para telefonar aos pais dela. Alguns minutos depois, Martyn voltou.

– Mamãe, acho que seria simpático você também falar com a mãe de Anna. Você é tão boa nesse tipo de coisa, Wilbur me pediu que lhe desse lembranças suas, papai. Será que eu poderia dar uma palavrinha rápida com você?

– Claro que sim.

De maneira um tanto constrangida, meu filho e eu fomos caminhando pelo jardim atrás da cozinha em direção à campina.

– É estranho pensar em todos aqueles verões que já passamos aqui em Hartley. Todos antes de conhecer Anna – comentou ele. – Acho difícil pensar na minha vida antes de conhecê-la. E, no entanto, faz tão pouco tempo que ela está comigo. Será que todo mundo sente isso quando se apaixona?

– Imagino que sim.

– Sei que você e mamãe tinham dúvidas com relação a ela. Especialmente mamãe. Ah, na realidade ela nunca disse uma palavra, mas dava para sentir. E compreender, também.

— É mesmo?

— Sim. Anna é um pouco mais velha. Não é nem de longe parecida com o tipo de moça que eu costumava trazer para casa antigamente. — Martyn deu uma gargalhada.

— Bem, você, sem dúvida, "costumava trazer para casa", como acabou de dizer, um número considerável delas.

— Ficava chocado com o meu comportamento?

— Não, nem um pouco.

— Você sempre foi tão correto. Ah, sem hipocrisia – acrescentou rapidamente –, todas elas eram... fantásticas.

— Eram todas muito atraentes. E louras, como observou sua mãe.

— Sim, eu tive realmente uma enorme queda pelas louras, durante um bocado de tempo. Esta é uma conversa engraçada para se ter com o próprio pai, mas hoje me sinto mais próximo de você do que em qualquer outro momento da minha vida. Eu me sentia como um príncipe naqueles anos. Não era promiscuidade, era uma espécie de louca impetuosidade.

— Que acabou com Anna.

— Sim, Anna é a minha vida, pai. Acho que realmente me deixei cativar por ela. É um sentimento de uma força extraordinária. Tem sido tão difícil para mim ser cuidadoso, atencioso! Fazer as coisas direito, para não perdê-la. É uma pessoa muito complicada. Não achou que eu fosse capaz de fazê-lo, no início. Agora está confiante.

— E de onde se originam todas essas complicações?

— Bem, ela teve uma relação difícil com o irmão. Ele já morreu. Depois houve o divórcio dos pais. E teve ainda um relacionamento longo, que durou anos, que também não deu certo, com um outro sujeito.

— O que aconteceu com o irmão dela?

Um mau pai fez a pergunta. Um bom filho respondeu:
— Uma tragédia horrorosa. Ela não costuma falar muito no assunto.
— E quem foi o tal sujeito com quem ela teve esse longo relacionamento?
— O nome dele era Peter. Acho que quase se casaram. Depois, só teve umas poucas ligações superficiais, coisas passageiras... sabe como é...
— Bem, isso seria de se esperar. Afinal, ela tem 32 ou 33 anos, não é?
— Sim. É uma pessoa muito sensível. Detesta se sentir presa. Tive que ser muito cuidadoso. Precisei dar a ela toda a liberdade e ainda assim ficar firme, me manter na linha – fez uma pausa, meio constrangido. – Nós nunca tivemos uma conversa assim antes, não é mesmo?
— Não.
— Acho que o fato de ficar noivo, especialmente de uma pessoa como Anna, faz com que eu me sinta... mais maduro. Será que isto soa demasiado pretensioso? – sorriu para mim.

Sua beleza, altura e felicidade se combinavam para fazer com que ele parecesse um jovem deus, caminhando a passadas largas rumo ao seu áureo futuro encantado. Eu me sentia como um servo, um espectador velho, pesado e cansado, condenado a assistir ao sol brilhar cada vez mais intensamente sobre aquele seu filho escolhido.

Martyn me segurou pelo ombro.
— Queria lhe pedir desculpas. Aquilo que eu disse na noite passada, sobre caos e paixão, era bobagem. Você tem sido um pai maravilhoso. Um pouco distante, mas isto é por causa do seu trabalho e de todas as exigências que é obrigado a cumprir. De qualquer maneira, você nunca me decepcionou. E se tivéssemos sido muito próximos e você interferisse demais em minha vida, provavelmente eu

detestaria. Também quero lhe agradecer o fundo em fideicomisso. Tenho certeza de que deu conselhos e sugestões quando os meus avós decidiram criá-lo. É uma grande ajuda. Anna e eu vamos começar a procurar uma casa na semana que vem. Anna tem dinheiro, sabe? Mas quero ser o responsável pelo nosso sustento. É importante para mim. Assim, ela vai vender a casinha dela e eu vou vender o meu apartamento. Esperamos poder comprar uma casa decente com a ajuda do dinheiro extra do fundo. Estamos pensando em Chelsea. Deus! Estou realmente muito feliz. Não tinha certeza de que fosse dizer sim. A vida não é mesmo maravilhosa?

— É. Maravilhosa.

— Você se sentiu assim quando ficou noivo de mamãe?

— Algo bem parecido — estava me sentindo mal. Tinha que mudar de assunto. — O que você acha de Sally e Jonathan?

— São muito sérios, todos dois. Conheci uma pessoa da companhia em que eles trabalham. Diz que Sally está se saindo muitíssimo bem. Eu sempre a subestimei.

— Irmãos costumam fazer isso.

— Pois é.

Martyn estava embevecido, tomado pela felicidade. Sally, Jonathan, sua mãe e eu havíamos sido transfigurados, em função de sua felicidade, em pessoas muito melhores do que jamais lhe havíamos parecido antes.

— Mamãe é tão incrível! Sei que esteve bastante preocupada, mais do que todo mundo. Pensei que nunca iria quebrar o gelo com Anna. Mas mamãe é inteligente e gentil, e uma vez que percebeu o inevitável, decidiu se tornar genuinamente simpática. Mamãe é maravilhosa, você não acha?

— Acho, sim.

Ele olhou para o relógio.

— É melhor a gente voltar, papai. Obrigado por tudo. Vamos embora, o futuro espera.

29

— Bem, ela o apanhou de jeito. Eu estava certa de que o faria.

— Ingrid! Martyn é quem está apaixonado.

— Também sei disso. Disse a você faz séculos. Mas ela também o queria. Ela o queria. Ele combina com ela.

— Então, quer dizer que você está satisfeita?

— Não exatamente. Mas estou me rendendo ao inevitável – Ingrid deu um suspiro. – Imagino que todas as mães se sintam um pouco possessivas quando o único filho homem decide se casar. É claro que, evidentemente, não estou ganhando uma filha. Nem você.

— Que diabo você está querendo dizer?

— Ah, você sabe... aquela história de perder um filho e ganhar uma filha. Anna não tem nenhuma intenção de manter um relacionamento de maiores intimidades comigo ou com você, já que estamos falando no assunto. Agora, Sally, se o namoro dela acabar dando no que acho que vai dar, Jonathan vai ser como mais um filho.

— É possível.

— O pai de Anna me pareceu simpático. Achei a mãe um pouco fria. É inacreditável que Martyn ainda não tenha sido apresentado a eles. Bem, foi tudo muito rápido.

— Nós conhecemos Wilbur.

— É verdade. O casamento vai ser em junho, só faltam três meses. O pai de Anna está vindo a Londres, já nos convidou para almoçar na semana que vem. Imagino que só iremos conhecer a mãe um pouco antes do casamento. Devo confessar que estou extremamente curiosa para ver como eles são. Você também?

— Sim.

Está tudo se precipitando, escapando-me das mãos, pensei, enquanto dirigia de volta a Londres. Mas, tendo decidido baixar a cabeça com resignação e me tornar uma vítima, agora me restava somente observar e sofrer, amar e esperar pacientemente por meus momentos com Anna. Afinal, refleti com tristeza, ainda é uma vida melhor do que a que tive antes.

30

O pai de Anna era aquele tipo de homem inglês que deixa em quem o conhece a impressão de um perfeito cavalheiro. Os italianos, os franceses, os alemães, todos têm seus aristocratas, mas um verdadeiro cavalheiro inglês segue por natureza um código moral que é sutilmente posto em prática, sob um manto de extrema boa educação e boas maneiras. Charles Anthony Barton era um desses homens. Ele levantou-se para nos cumprimentar quando chegamos ao Claridges, para o almoço.

— Lamento muito que minha esposa não esteja aqui para conhecê-los. Infelizmente nossa filha está um pouco adoentada.

Lembrei-me da filha do segundo casamento. Pedimos desculpas pela ausência de Sally. Seu novo posto de executiva exigia agora que comparecesse a almoços de negócios.

— Por favor, sentem-se. Que gostaria de beber, Ingrid? Posso chamá-la de Ingrid? Talvez uma taça de champanhe?

— Seria perfeito – respondeu Ingrid.

— Para mim um uísque, obrigado.

Anna e Martyn chegaram. Ela beijou de leve o rosto do pai.

— Papai, este é Martyn.

Charles Barton virou-se para cumprimentar meu filho. Sua cabeça moveu-se bruscamente, como se alguém lhe tivesse dado um soco. Um segundo depois ele se recuperou.

— É um enorme prazer conhecê-lo, Martyn.

Olhou para Anna.

— Você escondeu este rapaz de nós, fazendo dele um grande segredo. Estou muito feliz por vocês dois.

Sentamo-nos lentamente.

— Eu me sinto extremamente culpado. Deveria ter pegado o carro aquela noite e ido até sua casa para lhe pedir que me desse permissão para casar com Anna. Mas, francamente, estava tão concentrado em convencê-la a dizer sim que tudo mais desapareceu de minha mente. Por favor, perdoe-me.

— Mas que discurso elegante! É claro que o perdôo. Imagine... Nunca esperei um pedido desses – ele tinha recuperado o equilíbrio e examinou Martyn cuidadosa e atentamente. – Anna, estou vendo que você é uma moça de muita sorte.

— Ora, papai, você deveria estar dizendo a Martyn que homem de sorte ele é.

— É evidente que Martyn já sabe disso.

O garçom se aproximou. Fizemos os pedidos. As amenidades características desse tipo de reunião, particulares a cada família e comuns a todas, foram trocadas. À medida que prosseguia a refeição, pude perceber que o pai de Anna, por mais gentil que fosse, na realidade não gostava muito da filha.

Quando se beijaram, despedindo-se, depois do almoço, ele bateu de leve no braço dela, por um segundo, e murmurou alguma coisa. Ouvi a resposta de Anna.

– Não concordo. Não é assim tão forte...

Surpreendeu-me olhando para ela e, voltando-se para Ingrid, disse:

– Meu pai acha que Martyn tem uma grande semelhança física com meu irmão, Aston.

– Anna! – constrangido, o pai recuou, afastando-se dela, e perdeu o equilíbrio, esbarrando em Martyn, que o segurou.

Ficaram olhando um para o outro. Martyn falou primeiro.

– Deve ser um choque terrível para o senhor... a semelhança... se existe... – ele hesitou, visivelmente constrangido.

– Tem um filho muito gentil – Charles Barton virou-se para Ingrid. – Perdoe a intrusão da tristeza numa ocasião de tanta alegria. É apenas uma semelhança muito ligeira. Anna não deveria ter repetido o meu comentário. Tenho um compromisso marcado para o qual não posso me atrasar. Voltaremos a nos encontrar dentro em breve. Até logo, Martyn. Estou satisfeito, até mesmo honrado, com a idéia de tê-lo como genro. Até logo, Anna. Seja feliz, minha querida.

Cumprimentou todos com um aperto de mão. Parecendo repentinamente mais frágil e mais velho do que apenas uma hora atrás, ele nos deixou.

— Anna, Martyn me disse que Aston morreu quando era muito jovem — Ingrid falou, delicadamente. — Se existe uma semelhança, deve ter sido um choque para seu pai. Eles se parecem muito?

— Não, não muito. Talvez... por um segundo... num primeiro olhar, exista uma leve semelhança. O contraste dos cabelos de Martyn com a pele não é muito comum. Aston também era assim.

— E você também — observou Ingrid.

— Sim. Mas isso não é tão incomum numa mulher.

— Se me permite dizer, é bastante singular, minha querida — discordou Ingrid.

Era evidente para mim que Ingrid estava desconcertada.

Martyn, o conciliador, interveio mais uma vez.

— Mamãe, agora precisamos ir andando, para ver uma casa. Está tudo bem. É melhor não dar uma importância indevida a essa história. Mamãe é bem clara de pele e loura. Papai é moreno, um pouco... escuro.

— Obrigado.

— Eu tenho a pele bem clara de mamãe e os seus cabelos negros. Não é nada assim tão extraordinário, não acha?

— É claro que não. O pai de Anna, naturalmente, ficou surpreso, foi apenas isso.

— Pobre Anna. Vamos lá, vamos à nossa caçada. Em busca de uma casinha simpática e alegre, que só tenha boas lembranças.

Ingrid e eu ficamos sozinhos. Pedimos mais um café.

— Toda vez que começo a sentir que vai dar tudo certo, essa moça faz alguma coisa desconcertante ou estranha que me deixa de coração gelado. Existem pessoas neste mundo, inocentes à sua maneira, que causam danos. Anna é uma delas. Ela vai ferir Martyn, vai fazê-lo sofrer, tenho certeza absoluta. Minhas primeiras impressões estavam corretas. Sempre estão. Ah, por que não interferi logo no início?

— Francamente, Ingrid, o que foi que deixou você assim tão aborrecida, tão abalada? O pai dela percebeu uma semelhança com o irmão de Anna... isso não é assim tão terrível, é?

A calma e as palavras de conforto dos outros são sempre o melhor antídoto contra o pânico e a angústia que sentimos.

— O que aconteceu com o tal menino? Tenho certeza de que você sabe da história inteira. Martyn lhe contou, não contou?

— Não.

— Houve uma tragédia. Ela está envolvida nisso de alguma maneira.

— Ingrid, nosso filho vai se casar com uma mulher bonita e inteligente. O pai dela é, sem sombra de dúvida, um homem gentil e refinado. O padrasto é encantador. Ainda não conhecemos a mãe, mas tenho certeza de que também gostaremos dela. O irmão morreu quando era jovem. Anna talvez seja uma nora mais complicada e uma pessoa menos agradável de se conviver do que você ou eu teríamos desejado. Mas é apenas isso. Agora pare com essa história. Está se preocupando desnecessariamente.

— Talvez você tenha razão. O episódio de hoje apenas confirmou os meus preconceitos contra ela.

— Exatamente! Se tivesse se sentido à vontade e descontraída com relação a Anna desde o início, esse incidente não teria significado nada.

— É verdade.

Mas, por trás de minhas palavras, estava à espreita o meu próprio medo. Que configuração perigosa está sendo recriada aqui? Um temor repentino quanto ao bem-estar de minha família se apoderou de mim. Mentiroso!, gritou o policial em meu coração. Mentiroso! O único medo que contrai e corrói o seu ventre é o medo de perdê-la. Sabe que não poderá conquistá-la totalmente, cada dia que passa faz com que você veja isso mais claramente. Mas você continua. Porque sabe que não existe vida para você sem ela.

Sorri para Ingrid e, com muitas palavras tranqüilizadoras, ajudei-a a seguir o caminho rumo ao inferno.

Vi nossa imagem no espelho quando passamos pela recepção: uma mulher loura, elegante, de certa idade, e seu companheiro, talvez vagamente familiar, bem vestido, o rosto simpático, de traços fortes. Do mal em minha alma não se via um traço sequer.

31

— Evidentemente, ontem foi um dia de sorte para os apaixonados. A casa era exatamente o que eles queriam.

– Bom.

Agora, cada dia me mostrava, com uma clareza feroz, a minha traição e seu curso desesperado.

Naquela noite, o jantar com Ingrid transcorreu num silêncio sorumbático, que, eu sabia, escondia sua raiva.

– Telefonei para Martyn hoje. Não gostou muito de minhas perguntas, mas decidi, uma vez na vida, ser a mãe intrometida. Normalmente não sou assim, não é?

– Não. Você normalmente é muito discreta.

– Vai alugar o apartamento dele para alguém do trabalho, diz que o dinheiro do aluguel vai ajudar nas despesas do dia-a-dia. A casa de Anna, a velha estrebaria reformada, será posta à venda imediatamente. Martyn acha que será vendida com facilidade. Pretende usar parte do dinheiro do fundo em fideicomisso para cobrir os custos da nova casa. Parece que está vazia há algum tempo... Vai precisar de reformas, evidentemente. Não vão poder se mudar para lá enquanto não ficar pronta. Querem uma cerimônia de casamento pequena, só para a família, no final do mês que vem. Tudo muito arrumadinho, muito rápido, uma precisão quase cirúrgica. De forma que nada de casamento em Hartley. Apenas uma visita ao cartório e, depois, um almoço em família. Estão irredutíveis. A mãe de Anna, é claro, vem uma semana antes do casamento. Pelo menos nós a conheceremos antes da cerimônia propriamente dita. Teremos que convidá-la para almoçar, jantar, ou coisa parecida. Esperemos que Sally nos proporcione um casamento mais tradicional. Como se não bastassem todas as minhas preocupações, estou me sentindo um bocado decepcionada.

— Sally vai fazer tudo como você espera. É realmente um tesouro de menina, inteligente, bonita, sem maiores preconceitos contra as convenções.

— Vamos dar graças a Deus por Sally! Martyn mudou tanto, você não acha? Anda tão diferente... Ah, bons tempos aqueles da sucessão interminável de louras adoráveis. A brigada dos almoços de domingo.

— Acho que se foram, definitivamente.

— Sim, Anna foi o beijo da morte para tudo aquilo.

O comentário ficou pairando no ar por um segundo a mais do que deveria.

— Perguntei a Martyn a respeito do que aconteceu com Aston.

— Sim? O que foi que ele disse?

— Diz que foi tudo muito triste, que Anna já havia lhe contado que Aston se suicidara. Pelo que entendi, era extremamente jovem. Li um artigo sobre o assunto, outro dia, não é assim tão incomum. Meu Deus, não tive a intenção de falar nesse tom, mas...

— Eu sei o que está querendo dizer, Ingrid. Não é sem precedentes. A puberdade, o início da adolescência... para alguns meninos é uma fase muito difícil.

— Martyn ficou bastante zangado comigo no final da conversa. Disse muito claramente: "É a minha vida, eu sei o que estou fazendo." Fui substituída por Anna... agora ela tem prioridade... como era de se esperar – olhou para mim com uma expressão provocadora. –Estamos atravessando um período que tem deixado um pouco a desejar, não acha? Você e eu?

— Um pouco. Mas vai passar.

— Se não conhecesse você tão bem, agora seria capaz de acreditar que está tendo um caso.

— É mesmo? Sinto-me quase lisonjeado.

— Bem, pois não fique. Eu não seria capaz de suportar uma coisa dessas. Francamente, não suportaria mesmo. – Ela me desafiou com os olhos.

— Estou devidamente avisado – respondi.

A voz interior acrescentou: Não estou tendo um caso... não um caso. Estou sendo consumido de corpo, alma e pensamento. A minha vida inteira só existe em função de uma única coisa, os momentos que passo com Anna. Minha vida antes dela era uma mentira eficiente em que você, Ingrid, desempenhava seu papel. Não haverá vida depois de Anna. Não haverá vida depois dela.

Com um sorriso cansado de autopiedade, fui para meu escritório a fim de me dedicar ao trabalho por uma hora. Queria dar a Ingrid tempo de ir se deitar e de pegar no sono, sem mais conversas. Um novo ritual estava sendo estabelecido. Nos primeiros dias, era necessária a disciplina total.

Telefonei no dia seguinte.

— Anna, preciso ver você.

— Eu sei. Ia lhe telefonar.

— Na sua casa, às três e meia?

— Sim.

Abriu a porta e fui andando atrás dela até o quarto. De uma gaveta na mesinha-de-cabeceira tirou uma fotografia, num porta-retrato, de um rapaz bem jovem. Um rosto sombrio, anguloso, de expressão quase zangada, fixava-me com um olhar penetrante. Havia semelhança com Martyn, sem dúvida. Mas, como Anna dissera, era só uma ligeira semelhança.

— Está vendo? Não parece quase nada.

— Então, por que repetiu em voz alta, para que todos ouvissem, o comentário de seu pai?

Ela colocou a fotografia de volta na gaveta, que fechou cuidadosamente.

— Estava furiosa com ele. Realmente furiosa. Ele não deveria ter feito aquele comentário.

— Você percebeu a semelhança quando viu Martyn pela primeira vez?

— É claro. Por um segundo... é claro.

— E isso faz parte da coisa? Parte de sua atração por Martyn?

— Não. Não. Quero ter um casamento normal com ele.

— Que maneira estranha de falar sobre casamento...

Ela sorriu.

— Você faz perguntas demais. Mas não tantas como costumava fazer. Está mudando.

— Estou carregando o fardo que me cabe. Eu também escolhi minha vida e a maneira como quero vivê-la.

Chegou o rosto bem junto ao meu e murmurou:
— Tudo. Sempre.

Vistas daquela perspectiva, todas as suas feições pareciam ampliadas, quase ameaçadoras, como que me devorando. Rolamos pelo quarto, de encontro ou por baixo de madeira e vidro e veludo. Fui tomado por uma obsessão, naquele dia, de que na curva de sua espinha encontraria ossos que abririam um caminho secreto para o íntimo de Anna. Finalmente, ficamos imóveis, o rosto dela amassado contra o tecido acetinado que forrava a parede, e meu estômago pressionado de encontro à base de sua coluna. Depois do momento de êxtase, seu rosto retomou as antigas perspectivas. E tudo o que eu era, ou viria a ser, mais uma vez me fora revelado.

À minha partida, ela disse:
— Tenho um presente para você – e me entregou uma caixinha. – Cumpro as minhas promessas. Lembre-se disso. Esqueça o resto – apertou a minha mão em torno da caixinha. – Planejei isto há pouco tempo – abriu a porta e eu fui embora.

Caminhei até um bar. Precisava me sentar em algum lugar tranqüilamente, enquanto abria a caixinha. Dentro dela havia duas chaves. Apartamento C, 15 Welbeck Way, W I. Chamei um táxi e cheguei lá em poucos minutos.

Atrás da fachada imponente de um prédio, de estilo arquitetônico antigo, havia um saguão de mármore verde-escuro, de onde subia uma escadaria em lances separados, formando balcões circulares, com corrimões de madeira entalhada. Um pequeno domo de vidro colorido lançava estranhos reflexos sobre o mármore, a madeira e as paredes cinza-claro. Em cada um dos andares, dois apartamentos ficavam de frente um para o outro, ocupando as extremidades opostas no vão das escadas.

O apartamento em si era na realidade apenas um grande quarto, com banheiro e uma cozinha. O quarto tinha pouquíssima mobília, uma grande mesa, algumas cadeiras, e num canto uma pequena cama de casal. Sob uma estante de livros, com as prateleiras vazias, havia uma mesa baixa de tampo de vidro. Sobre a mesa estava um bilhete.

> Este quarto não acomodará nada a não ser nós dois. Um mundo dentro de um outro mundo. Virei aqui para conhecer seus desejos. Pois aqui, neste mundo de minha criação, você é soberano e sou sua escrava. Esperarei nos horários que você determinar. Obediente aos seus desejos, estarei sempre aqui.

Ao lado do bilhete, havia um diário antigo, peça de época, encadernado em couro, uma pena e um tinteiro, também peças de época. O diário se abriu na página daquele dia. Dobrada ali dentro estava uma longa fita de seda verde, sob a qual se lia: "E ele chegou ao seu reino." Fui virando as páginas em branco, para adiante, e encontrei uma anotação para dali a dez dias, que dizia: "Anna espera do meio-dia às duas."

Entrei no banheiro. Estava equipado com sabonete, escovas de dentes, creme dental, lenços de papel, toalhas. A cozinha tinha duas xícaras com pires, dois copos, chá, café e uísque. Na geladeira havia apenas água mineral. Procurei cores. O carpete do salão era cor de vinho-escuro. Não havia cortinas, apenas uma veneziana escura na única janela que dava para uma área verde, lá embaixo. Puxei a veneziana e uma semi-escuridão caiu sobre mim. Meu reino era-me precioso. E eu estava satisfeito.

Amarrei o diário com a fita verde e coloquei um bilhete sob a fita, dizendo: "Inauguração no dia 20, entre meio-dia e duas."

Fui embora.

Mais tarde, naquela noite, Ingrid e eu nos separamos, depois de um jantar dominado por conversas a respeito do casamento, indo para nossos abrigos seguros, seguindo o ritual – o escritório para mim, o quarto para ela. Toquei as chaves no bolso quando me sentei para trabalhar, como um homem paupérrimo acariciaria uma pedra preciosa que tivesse acabado de roubar. Uma pedra preciosa que iria transformar sua vida.

Meus dias estavam tomados com minhas reuniões de comitê e as noites com retalhos de comentários de Ingrid a respeito do casamento, da recepção, da lua-de-mel. Ah, as maneiras atraentes, vitoriosas e fúteis com que acorrentamos homens e mulheres. Apenas para domesticar o único elo da corrente que importa.

E entre meio-dia e duas, no dia marcado, enfiei a chave na porta de meu reino. Anna, real e magnífica, estava deitada no chão; o diário pousado sobre o estômago. Sorriu quando desfiz o laço de fita.

Na hora de partir, ela escreveu no diário. Vi o horário – de quatro às seis –, e a data era o dia anterior ao casamento. Pegou uma outra fita – azul – e enrolou várias vezes em volta do diário. Acariciando meu rosto, disse:

– Tudo. Sempre. Lembre-se.

32

Anna e a mãe, Elizabeth, estavam sentadas lado a lado no sofá de nossa sala de visitas. Anna, como de hábito, mostrava-se tranqüila e controlada. A mãe era do tipo miúda, um tanto irrequieta. Os olhos e cabelos negros, que Anna herdara, constituíam um contraponto desconcertante em razão de tudo que havia de diferente nelas.

Tinha um ar cansado de vivacidade estudada. Imaginei que fosse o hábito o responsável pelo sorriso radiante, que não convencia, e pela atitude um pouco simpática demais, em um primeiro contato.

Sim, a viagem fora exaustiva. Mas valera a pena, tendo em vista a maravilhosa razão que a motivara. Após responder às minhas perguntas com relação ao vôo, virou-se para Ingrid.

— Gosta de viajar, Ingrid?

— Não, não muito.

— Wilbur chega no vôo de quinta-feira — tinha contado tudo a ela sobre Martyn e sua família maravilhosa. Dando uma palmadinha de leve na mão de Anna, observou: — Anna não escreve com a freqüência que deveria... não é mesmo, Anna?

— Não.

— Telefonemas são menos pessoais, menos íntimos, ao contrário do que a maioria das pessoas pensa. Sempre me exponho mais nas cartas. Mas Anna não é muito de se abrir e fazer revelações, seja lá como for. Sempre foi uma pessoa muito reservada, não é mesmo, querida? — tornou a bater de leve na mão de Anna. — Sabe, quando você e Aston — ela pronunciava o nome como se de alguma maneira lhe fosse desconhecido – eram pequenos, viviam sempre cheios de segredos – voltou-se para Martyn. – Sabe o que aconteceu com Aston, tenho certeza. Você se parece um pouco com ele. Anna já lhe disse isso? – agora parecia um comentário inocente. Elizabeth deu um sorriso rápido e nervoso para Martyn.

– Sim, de fato, ela já comentou – a voz de Martyn estava cheia de gentileza.

– Quando eram pequenos, eu tinha certeza de que Aston e Anna haviam criado uma pequena sociedade secreta. Trocavam palavras em código, estranhos sinais... tudo com o objetivo de tornar as coisas muito difíceis para os pais – ela deu um largo sorriso para Anna. – Vocês eram muito levados e desobedientes mesmo, não eram?

– Anna, levada! – Martyn deu uma gargalhada. – Não consigo imaginar.

– Ah, sim. Ela foi muito, muito levada. Gosto de pensar naqueles tempos, embora acabem me fazendo lembrar de coisas bem mais tristes.

Eu podia ver que havia em Elizabeth certa vulnerabilidade, uma doce meiguice que ainda era muito atraente. Dois homens de grande inteligência tinham-se casado com ela. Sua vivacidade, beleza e o corpo pequenino, delgado e elegante, devem ter tido o poder de deslumbrar e fascinar, anos atrás. Imaginei que o seu rosto deveria ter passado da beleza da juventude para uma versão um pouco esmaecida de si mesmo, anos depois, sem adquirir o autoconhecimento ou a sabedoria que poderiam tê-la tornado ainda mais bonita na maturidade. Era uma mulher não muito inteligente, que estivera diante de uma tarefa demasiadamente difícil para suas possibilidades, quando confrontada com os filhos, refleti. Adquiri uma aversão repentina a Aston, e não me agradou nada a descrição que Elizabeth fazia de

Anna quando criança. Talvez seja esta a grande força da mãe dela, pensei: inspira piedade. À medida que continuava tagarelando, feliz da vida, sabotando a imagem da filha, era Anna, sentada a seu lado em silêncio, que parecia ser a pessoa malévola.

— Mas esta é uma ocasião maravilhosa – continuou. – Estou tão feliz por Anna! Agora, digam-me: já decidiram onde vão passar a lua-de-mel?

— Vamos passar uma semana em Paris.

A mãe de Anna pareceu ficar preocupada.

— Sim. Bem, Paris sempre foi sua cidade favorita. Também gosta de Paris, Martyn?

— Muito. Mas foi idéia de Anna. Devo confessar que estou louco para ir. Estivemos lá, há algum tempo, mas foi bastante decepcionante porque Anna não estava muito bem. Tivemos que voltar antes do previsto.

— Oh, meu Deus, mas que pena! E Paris é uma cidade que guarda tão boas lembranças para você, Anna, não é verdade? – olhou para a filha, que agora não conseguia esconder uma raiva silenciosa.

— É.

— Por quê? – perguntou Ingrid.

— Anna teve o seu primeiro romance – ela pareceu escolher a palavra com cuidado – em Paris. Deixamos Roma depois... da tragédia e passamos algum tempo em Paris. Peter tinha acabado de começar os estudos lá; na realidade, mora em Paris até hoje. Agora está casado... pobre rapaz, foi um fracasso inevitável. A mãe dele me diz que costumava vir a Londres com freqüência. Recentemente, vendeu um pequeno apartamento que mantinha aqui. Você o tem visto, Anna? Acho que é tão bom quando a amizade permanece depois que acaba o romance – virou-se para Ingrid. – Não concorda?

– Mamãe... por favor! – exclamou Anna.

– Meu Deus! Estou sendo indiscreta de novo? Anna, você parece bem zangada comigo.

– Não, mamãe; zangada, não.

– Martyn, tenho certeza de que viveu os seus romances antes de conhecer Anna.

– Um ou dois.

– Todas louras – disse Sally, que acabara de chegar. – Centenas de louras desfilaram por esta mesma sala. O meu querido irmão era um verdadeiro dom-juan.

– Mas esses dias já se foram, posso lhe assegurar – Martyn sorriu para Elizabeth. – Estamos muito felizes.

– Isto se vê! Anna, você é uma moça de muita sorte. E agora pare de zanga comigo. É que a mãe de Peter e eu nos mantemos em contato. Foi um comentário absolutamente inocente.

– O que é que Peter faz? – perguntei.

– Depois de três gerações de diplomatas na família, ele surpreendeu todo mundo e decidiu ser psiquiatra. Tem uma clínica muito bem-sucedida em Paris. O francês é sua segunda língua e ele diz que, às vezes, a disciplina de uma outra língua revela a verdade com maior clareza – deu uma gargalhada e então disse: – Pareço Wilbur falando.

– E por que ele vinha a Londres com tanta freqüência?

– A trabalho, imagino. Não sei realmente. E me lembrei por causa da última carta que recebi da mãe dele. Mencionava o fato de ele ter vendido o apartamento meio repentinamente e...

Anna se levantou. Com um discreto "com licença", deixou a sala. Houve um silêncio constrangido.

– Ah, meu Deus! Gostaria de nunca ter começado esta conversa. É uma história que não tem nenhuma importância. A mania de Anna de guardar segredos sempre me surpreende.

– Talvez seja uma defesa – disse Martyn.
– Defesa contra o quê?
– Não tenho idéia – respondeu ele.

Bravo, Martyn. Agora você também está percebendo quem ela é, por trás da fachada – esta mãe mortalmente perigosa está, lentamente, se revelando. Não é de espantar que Aston e Anna tenham se fechado e se unido contra ela, num mundo secreto dos dois. E, depois da morte de Aston, não é de espantar que tenham todos se separado – incapazes de evitar o derramamento de sangue ou de expurgar a culpa, de encarar e admitir a parcela de culpa que cabia a cada um deles individualmente. Assim, o silêncio, a separação e a tristeza tinham se tornado um estilo de vida. Houve novos casamentos, novas vidas, novos amores, para levá-los para longe, para bem longe de tudo que acontecera antes. No entanto, ainda estavam todos aprisionados – cada um deles – pelas agonias não resolvidas de um tempo já distante.

A noite chegou ao fim, com todo mundo um pouco menos feliz do que quando começara. Quando Martyn deu partida no motor do carro e Anna abriu a porta para a mãe, acompanhei Elizabeth pelo pequeno caminho de pedras que levava até o portão, onde estava o carro.

– Qual é o sobrenome de Peter? – perguntei discretamente, calculando com cuidado a distância que nos separava de Martyn e Anna. – Tenho um amigo em Paris que está com um problema grave.

– Calderon. Dr. Peter Calderon. O telefone está no catálogo. Não deixe que Anna saiba que eu lhe disse. Ficaria furiosa. Uma vez Wilbur recomendou a um amigo dele escritor que fosse procurar Peter. Soube que foi de grande ajuda.

Tínhamos chegado ao carro. Todos se despediram.

– Até sábado que vem – disse Elizabeth.

E eles se foram.

– Que mulher estranha! Exatamente o oposto de Anna, não é mesmo? – comentou Ingrid.

– Eu até que gostei dela – disse Sally. – É mais aberta e gosta mais de conversar do que Anna.

– Isto é avaliar muito por baixo – retrucou Ingrid. – Bem, agora conhecemos todos eles. Mãe, pai, padrasto... ainda falta a madrasta. Imagino que agora faço parte de uma família maior. Mas, com certeza, não tenho esta sensação. Provavelmente, nunca terei. Pelo menos, não com esta família – ela suspirou. – Vai ser diferente com Jonathan. Já conhecemos os Robinsons. Será que estamos avistando mais um casamento surgir no horizonte? – Ingrid provocou Sally.

– Bem, posso assegurar que ainda não fui consultada.

– Mas será; será, sim. E quero avisá-la logo, com antecedência, de que vou querer um grande casamento, com vestido de noiva e uma bela recepção bem tradicional, em Hartley. Prometa. – Ingrid abraçou Sally, que ficou ruborizada.

– Eu prometo, mamãe, prometo.

Pensando em casamentos, filhos, mães e pais, demos o dia por encerrado. Tomamos nossos rumos separados com destino aos quartos, para dormir.

33

— Dr. Peter Calderon?
- *Oui.*
- Sou um amigo de Anna Barton. Gostaria de ir até aí para vê-lo.
- Por quê?
- Acho que seria de grande ajuda.
- Para quem?
- Para mim.
- Anna lhe disse para me telefonar?
- Não.
- Que tipo de amigo você é?
- Sou pai de Martyn.
Houve um silêncio de curta duração.
- Ah, sim, Martyn. Anna me contou a respeito de sua decisão de se casar.

As palavras "decisão de se casar" me pareceram desajeitadas e estranhamente formais. Ele prosseguiu:
- Esta, evidentemente, não é uma chamada profissional. Eu apenas gostaria de dizer que desejo a Anna e Martyn um casamento muito feliz. Acho que devemos encerrar esta conversa por aqui – fez uma pausa. – Não vou mais a Londres. Anna raramente vem a Paris.
- Anna é sua paciente?
- Não tenho nenhuma obrigação de responder a esta pergunta. Mas vou responder. Não.
- Mas o senhor a vê de uma maneira diferente da maioria das pessoas... em virtude de sua formação profissional.
- Não exatamente. Eu diria que a pessoa que melhor entende Anna é o homem com quem ela vai se casar. Seu

filho. Pelo que compreendi, ele permite que ela guarde seus mistérios, seus segredos e talvez mesmo seus outros amores.

— Outros amores?

— Sim, sempre.

Houve um silêncio.

— Anna nunca me falou a respeito do senhor.

— E por que haveria de fazê-lo? Sou apenas o pai de Martyn.

— Evidentemente, é um pai muito pouco convencional. Mas também tem um filho que é uma pessoa singular. E esta é uma conversa bem estranha — ele suspirou. — Anna inspira conversas estranhas.

— Por que não se casou com ela?

— Ah, Deus! Será que eu respondo a esta pergunta? Eu não podia dar a ela aquilo de que precisava.

— E o que era?

— Liberdade. Liberdade para estar sempre acorrentada àqueles amores, a todos aqueles a quem ela ama de fato. Uma pessoa precisa dispor de enormes reservas de caráter e inteligência, e, é claro, de um amor enorme, para ser capaz de dar isso a Anna.

— Ou talvez baste apenas recusar-se a encarar a verdade a respeito dela.

— Ah, acho que seu filho já encarou silenciosa e tranqüilamente muitas verdades a respeito de Anna. De fato, tenho certeza disso.

— Por quê?

— Porque Martyn e eu já tivemos oportunidade de nos conhecer.

— Quando?

— Não vou dizer mais nada.

— Por que não me disse isso logo no início?

– Quem sabe onde pode acabar uma conversa? Esta nossa, por exemplo, chega ao fim com outro mistério, que por sua vez, ao ser investigado, revelará mais uma verdade escondida. Não é de espantar que me sinta realizado em minha profissão. Agora, adeus. Boa sorte para o senhor e para seu filho. Por favor, não volte a me telefonar.

Martyn, meu menino brilhante, então você chegou a Peter Calderon antes de mim. E o que toda a sua esperteza e todo o seu amor lhe trouxeram como recompensa? Não a posse total de Anna. Eu tenho a posse total de Anna quando ela está comigo. Talvez, na verdade, eu não queira todo o resto da vida e do tempo dela. Por que querer mais? Peter quis mais e perdeu tudo. O apartamento em Welbeck Way fora dele, era evidente. Compreendi isso nesse momento.

Deveria ter me importado. Mas não me importei.

34

Não tenho um corpo elegante. Sou demasiado corpulento para ter graça de movimentos. Visto-me com cuidado. Costumo me apresentar ao mundo em meus ternos de flanela cinza-escuro, camisa social branca e gravata cor de vinho (que compro por atacado), com a aparência externa de um homem elegante. Sempre me vesti assim. Minhas roupas esporte também tendem para um convencionalismo de bom gosto, que me tem sido útil para formalizar a distância que me agrada manter das pessoas. Não sou informal, descontraído ou particularmente fácil de abordar.

No dia anterior ao casamento, enquanto eu também caminhava rumo a uma vida nova com Anna (pois era esta a minha visão da situação), tive certeza de que o fardo, que carregara tão pesadamente em meu coração, agora havia se tornado suportável. Eu me resignara ao fato de que minha vida prosseguiria no interior de uma região perigosa.

No apartamento, Anna me esperava. Uma pequena mala estava posicionada sobre a mesa de tampo de vidro, como se fosse um enfeite.

– Disse a Martyn que queria ter só para mim a tarde e a noite de hoje. Vou chegar ao cartório vinda diretamente de meu cantinho secreto. Depois que você se for... e espero que possa ficar um pouco mais do que havíamos planejado... vou ficar deitada aqui neste quarto e sonhar com todas as minhas vidas. Estou feliz. Simplesmente não consigo acreditar nisso. Estou feliz. Nunca estive feliz na minha vida, exceto durante a infância. Agora estou feliz. É uma experiência, um sentimento extraordinário. Você já esteve feliz?

– Não sei. Talvez sim. É triste, mas realmente não consigo lembrar – suspirei. – Parece tão pouco importante...

Ela abriu a maleta. Cuidadosamente, tirou um vestido creme e um minúsculo chapéu. Guardou os dois num armário vazio.

– Isto é para amanhã – ela sorriu. – Esta tarde e esta noite são para você.

Quando o vestido caiu no chão, desnudando-lhe o corpo, reconheci o tributo que me prestava pela maneira como o cordão de seda escura lhe passava entre as pernas e a maneira como sua cor ondulante se enroscava ao redor dos seios. Apontou para uma marca escura e murmurou:

– "Há pouco botei minha constância à prova em mim mesma causando esta ferida, aqui, na coxa."* Está vendo? Eu também sou capaz de provar minha força e fidelidade.

Eu a deitei delicadamente no chão. Abandonando o disfarce elegante sobre o sofá, tornei-me eu mesmo.

Falei-lhe de sonhos, numa linguagem que só ela podia compreender. Como uma deusa poderosa, sussurrou sim, sim, durante as horas de seu cativeiro. Em sua onipotência, ela dominava seu soberano escravizado. Encontrei na maleta uma fita bordada à mão e fui enrolando e enrolando, até ela não poder mais ver. Então, quis silêncio. Encontrei pequenas mechas de algodão macio, jóias de recolhimento, e, uma vez colocadas nos lugares exatos, passamos a nos mover num mundo de silêncio absoluto.

Uma pulsação em seu estômago parecia marcar o compasso de um ritmo inaudível sobre sua pele, enquanto jazia ali, deitada no chão. Minha boca, em perseguição predatória, desceu voraz, e com a língua tentei capturar seus movimentos fugidios. Em vão.

Meu punho esfregava a mancha escura, azulada, do hematoma que ela infligira à própria coxa. Incapaz de apagá-lo, obriguei à força que o sangue pisado se espalhasse como mancha de líquido derramado em direção aos chumaços de pêlos encaracolados divididos pelo cordão de seda, entre as suas pernas.

Quando a porta cedeu sob o seu peso, por um segundo fui o único a ver Martyn. Com dedos frenéticos, arranquei o silêncio de nossas orelhas. Anna gritou:

---

*Anna repete o gesto de Pórcia, esposa de Brutus, ambos personagens de *Júlio César*, peça de Willian Shakespeare: "I have made strong proof of my constancy, / Giving myself a voluntary wound / Here in the thing." Project Gutenberg Etext of Juleus Caesar by Shakespeare, 1998. (1998). (*N. do R.*)

— O que foi? O que foi?

Puxei a fita, descobrindo-lhe os olhos, e, um segundo depois, nós dois o ouvimos murmurar:

— Impossível. Impossível. Possível.

Emoldurado pelo umbral da porta, ele pareceu se balançar para a frente e para trás no patamar estreito.

Levantei-me para ajudá-lo. Ele levantou os braços sobre a cabeça, como para se proteger de algum golpe terrível. Então, como uma criança recuando, andando para trás mecanicamente, como um robô afastando-se passo a passo de um mal tenebroso, inimaginável e inconcebível até em pesadelo, o olhar fixo e pasmo no rosto que o destruíra, ele caiu silenciosamente por sobre o corrimão, rumo à morte, no piso de mármore lá embaixo.

A energia de meu corpo, quando o tomei nos braços, o pescoço desajeitado como um talo de flor partido, era inútil em toda a sua força. Onde, onde está a delicadeza que poderia tê-lo embalado? São necessários seios e curvas, harmonia e suavidade, para os corpos mortos de nossos filhos, quando os apertamos contra o peito na realidade brutal de nossa perda. A dureza de meu peito não lhe dava ao rosto um lugar para se esconder. Meus braços musculosos me pareciam obscenos e ameaçadores, ao tentarem juntar e trazer os contornos partidos de seu corpo para perto de mim.

O saguão vazio se tornou um poço de mármore para dentro do qual as pessoas atiravam perguntas de esperança em vozes chocadas.

— Quer que eu chame um médico?
— Posso ajudar?
— Já liguei para a polícia.
— Quer que eu traga um cobertor? Para o senhor? Para o corpo?

Tomei consciência da minha nudez.
— Ele está morto? Oh, ele está morto?

E, então, Anna veio andando lentamente em nossa direção. Vestida e penteada, hediondamente calma, ela disse:
— Acabou. Acabou tudo.

Tocando-me de leve o ombro e olhando para Martyn sem um traço de piedade, ela como que deslizou rumo à porta, e desapareceu na escuridão da noite.

Agora havia outras pessoas no fundo do poço. Formavam um círculo silencioso à nossa volta, o homem nu e seu belo filho morto, vestindo jeans e suéter. Uma mulher atirou uma estola vermelha em cima de mim. Caiu sobre meu corpo, ao som da porta batendo às costas de Anna. Houve mais barulho e então um policial abriu caminho em meio ao grupo, sem precisar proferir uma palavra. Ajoelhando-se calma e lentamente ao meu lado, disse:
— Lamento, mas acho que ele está morto.
— Sim... morreu instantaneamente.

Olhamos um para o outro.
— O senhor é... é...?
— Sou.
— E quem é o rapaz?
— Ele é meu filho, Martyn.

O médico e os enfermeiros da ambulância ajoelharam-se ao meu lado. Um outro policial começou a pedir discretamente que o pequeno grupo de pessoas o acompanhasse até o final do vestíbulo. Ouvi os comentários sussurrados, como uma música de fundo, de melodia suave e triste. Foi difícil deixar o corpo de Martyn sair de meus braços. Mas o médico mostrou-se gentil e os enfermeiros da ambulância foram discretos e eficientes. E, então, ficamos apenas eu e o policial, e subimos as escadas em direção ao apartamento. A porta estava aberta. Exceto pelas minhas roupas, agora cuidadosamente dobradas, não havia ali nenhum sinal do que antecedera, o estrondo da porta se abrindo.

— Posso me vestir?

O policial olhou para meu corpo nu, que se agarrava à estola vermelha, e balançou a cabeça, concordando.

— Vamos precisar que o senhor preste um depoimento... mais tarde. Gostaríamos que o fizesse na delegacia.

— Sim, é claro. Tenho que falar com minha esposa. É muito importante, é fundamental que eu fale com ela.

— Compreendo — ele olhou ao redor. — Parece que não há telefone.

— Não.

— De quem é este apartamento?

— É da noiva de meu filho.

— E como é o nome dela?

— Anna Barton.

— Era ela a moça que foi embora quando estávamos chegando?

O policial que estivera falando com o grupo de pessoas lá embaixo se juntou a nós.

— Sim.

— Não deve morar aqui há muito tempo. O apartamento ainda está praticamente vazio.

— Ela não mora aqui.

Eles esperaram. Eu acabara de me vestir.

— Sabemos que foi um acidente, senhor. Duas testemunhas viram seu filho cair, de costas, por cima do corrimão. Confirmam que o senhor não tocou nele.

— Não.

— O que o senhor estava fazendo?

— Eu estava com a Srta. Barton.

— A noiva de seu filho.

— Sim.

— Lamento, mas tenho que fazer esta pergunta. O senhor estava nu...

— A Srta. Barton e eu estávamos fazendo... — não completei. Não era uma expressão que eu tivesse usado em público antes.

— Nós compreendemos.

— Seu filho desconhecia esse fato até esta noite?

— É claro.

— Como foi que ele soube que estavam aqui?

— Não sei. Simplesmente não sei.

— E onde está a Srta. Barton agora?

— Não sei. Ela foi embora. Apenas passou por nós e se foi.

— Deve estar em estado de choque. É melhor nós tentarmos localizá-la.

— Não sei para onde ela pode ter ido. Talvez tenha voltado para a casa deles.

— Para a casa de quem?

— De Anna e Martyn. Tinham acabado de comprar uma. Estavam de casamento marcado.

— E quando seria?

— Amanhã.

Houve um silêncio prolongado.

— Vamos para a delegacia agora.

Telefonei para Ingrid da delegacia. Sally atendeu.

— Não precisa dizer nada. Anna esteve aqui.

— Ah, meu Deus! Onde ela está agora?

— No hospital... o Wellington... com Wilbur.

— Wilbur?

— Sim. Ele teve um ataque do coração hoje à tarde. Martyn telefonara mais cedo, estava tentando encontrar Anna — Sally fez uma pausa. — Eu disse a Anna o que tinha acontecido com Wilbur e ela foi embora imediatamente.

— Sua mãe está aí?

— Sim. Mas não peça para falar com ela. Ainda não.

— Sally... Ah, Sally!...

— Mamãe e eu estamos indo ver o corpo de Martyn. Ela insiste em fazer isso.

Eu me virei para os policiais.

— Para que hospital levaram o corpo do meu filho?

— Para o Middlesex.

Informei a Sally.

— Agora, ouça: por favor, Sally, por favor, não vá. Vou fazer o reconhecimento formal do corpo ainda esta noite. Juro que levo vocês amanhã. Convença sua mãe a esperar. É extremamente importante. Por favor, faça isso, Sally.

— Vou tentar, vou tentar. Anna é louca... você sabe disso, não sabe?

— Não. Não, Sally, ela não é louca.

— Ela veio com a maleta na mão. Disse que iria visitar Wilbur e que depois seguiria para Paris. Falou: "Eu já estava mesmo com tudo pronto para a viagem de lua-de-mel." E sorriu. Você consegue acreditar nisso? Ela sorriu para mim. Se não é louca, então é demoníaca.

— Ah, Sally, Sally, ela não é nada disso.

— O que é, então? Ela levou tanto você quanto Martyn à destruição total.

— Ela contou tudo à sua mãe?

— Não sei. Há algumas coisas que mamãe se recusa a dizer. E não posso perguntar. Mas consigo imaginar.

— Não, não creio que consiga, Sally. Eu vou para casa mais tarde.

— Não venha. Por favor.

— Vou, sim, Sally. Tenho que ir. Mais tarde – desliguei o telefone. – Minha esposa já soube.

— Sim, deu para perceber.

Estava sentado num pequeno escritório. À minha frente, um homem alto, de cabelos grisalhos, o inspetor Doonan. Sua principal característica era uma espécie de enfado gentil. A gentileza talvez fosse seu último recurso ao ser confrontado com os padrões interminavelmente repetitivos da insensatez humana. Que sorte eu tive de cair nas mãos do inspetor Doonan!

Prestei meu depoimento. Ele tinha algumas perguntas a fazer.

– Quanto tempo durou seu... ahn... relacionamento com...?

– Anna. Cinco meses.

– Há quanto tempo a conhecia?

– Começou imediatamente, poucos dias depois de nos conhecermos.

– Seu filho não tinha nenhuma idéia do que estava acontecendo?

– Ninguém tinha nenhuma idéia.

– Ninguém?

– Bem, uma pessoa. O padrasto de Anna, Wilbur. Ah, meu Deus, ele teve um ataque do coração. Está no Wellington. Era por isso que Martyn estava procurando por Anna. Posso telefonar para lá?

– Sim, é claro.

Ele foi até a porta e alguém fez a ligação para o Wellington. Perguntei em que apartamento Wilbur estava e falei com a enfermeira encarregada. Foi uma conversa rápida e tranqüilizadora. Wilbur deixara a unidade de tratamento intensivo. Passaria mais três dias no hospital e depois deveria fazer um repouso prolongado. Fora um ataque de pouca gravidade.

– Como foi que seu filho soube que vocês dois estavam naquele endereço?

— Ele não sabia. Não compreendo isso. Ele não tinha conhecimento da existência desse apartamento.

— Ele não tinha chave, forçou a porta — afirmou o inspetor Doonan.

— Foi por isso que os Thompsons foram até o patamar lá em cima — observou o policial mais jovem.

— Thompsons?

— Sim, as testemunhas que viram Martyn cair.

— Ah!

— Acha que a Srta. Barton foi imprudente? Talvez tenha deixado o endereço numa agenda.

— Não. Ela não era uma pessoa imprudente.

— Onde está agora? Precisaremos falar com ela.

— Paris. Está a caminho de Paris, da casa de Peter. Peter! Originalmente, o apartamento era dele. Martyn deve ter telefonado para ele quando não conseguiu descobrir onde Anna se encontrava. Peter! Martyn deve ter falado com Peter em Paris.

— Quem é Peter?

— Ela disse que queria ficar sozinha antes do casamento. Que passaria a véspera num endereço secreto.

— Por favor, vamos mais devagar. Está ficando confuso.

— Posso ligar para ele?

— Para quem? Peter?

— Sim.

— Em Paris?

— Eu pago.

— O problema não é esse — ele suspirou. — Sabe o número do telefone?

— Sei.

O inspetor Doonan me passou o fone.

— Peter?

— *Oui.*

– Aqui é o pai de Martyn.
– Eu sei. Anna telefonou. Está a caminho daqui. Não há nada a dizer. Eu lamento profundamente.
– Você deu a ele o endereço?
– Dei.
– Foi o que imaginei.
– Eu não sabia que você estava lá. Pensei que seria um canto para onde Anna ir quando quisesse pensar. Para ficar sossegada antes do dia de amanhã. Quando Martyn ligou... desesperado... por causa de Wilbur, contei a ele. Éramos amigos, de certa maneira, Martyn e eu.
– De certa maneira, nós somos amigos.
– De certa maneira.
– Anna talvez tenha que voltar.
– Vou explicar a ela.
– A polícia sabe que foi um acidente, mas ela vai ter que prestar um depoimento.
– Claro, eu compreendo.
– Agora tenho que desligar.
– Adeus.
– Adeus.

Completei meu depoimento.

– Nós o levaremos em casa, mas primeiro precisamos do reconhecimento formal do corpo.

Fomos até o hospital. Fiz o reconhecimento. Não há nada a dizer. Não falarei disso.

Era mais de uma hora da manhã quando entrei em casa. A porta do antigo quarto de Sally se abriu e seu rosto sonolento apareceu. Fiz sinal para que voltasse para o quarto e sussurrei:

– Sua mãe.

Sally fechou a porta.

Fui andando em direção à luz – Ingrid estava me esperando na cozinha. Não era uma cozinha apropriada para aquele tipo de sofrimento. As superfícies reluzentes e as paredes altas e brancas eram mais próprias a intensificar a agonia do que a amenizá-la. Não havia cantos de penumbra nem madeiras macias para absorver os gritos – fossem eles silenciosos ou não. Vestida num conjunto preto, de costas, por um segundo a silhueta de seu corpo ostentou uma tenebrosa semelhança com o de Anna. Virou-se para mim. O choque ao ver-lhe o rosto encheu minha boca de vômito. Agarrei uma toalha; o cheiro de doença me era familiar. Ela me deu um copo d'água.

Tocando de leve o próprio rosto, Ingrid disse:

– Foi para a dor passar. Fiz com isto.

Levantou a mão para me mostrar uma toalha branca, toda manchada de sangue, com um nó numa das pontas. O seu rosto estava riscado de sangue, e a inchação das maçãs fazia com que todos os contornos se mostrassem como que destacados, enquanto os olhos pareciam pressionados para dentro de minúsculas crateras negras em alguma superfície lunar.

– A dor estava me devorando. Isso ajudou.

Tornou a pegar a toalha e a flagelar-se com ela. Um jato de sangue caiu dentro do copo sobre a mesa. Obscenamente, a imagem de Anna me veio à cabeça. O rosto dela, pensei, sempre tivera uma espécie de inchaço – algo sem suavidade. Talvez fosse esse o segredo: Anna não apresentava feições delicadas que pudessem nutrir-se da força e vigor de beijos capazes de salvar uma vida.

O rosto de Ingrid, antes com traços tão delicadamente proporcionados, a linha dos ossos traçada com tanta suavidade, tão pequenino, de olhos tão claros, sempre parecera dizer: "Tenha cuidado. Posso ser quebrado." O corpo dela também, tão longilíneo e tão magro, com curvas sutis nos seios e nos quadris, impusera um tabu a qualquer coisa que não fosse o ato de amor praticado com a mais extrema gentileza. Eu buscara o prazer tão cuidadosamente quanto alguém teria examinado uma peça rara de porcelana trazida de alguma terra distante.

Ingrid sentou-se à minha frente.

— Você não é um homem mau – afirmou. – E não sou uma mulher estúpida.

Olhamos um para o outro: um homem e uma mulher totalmente desconhecidos. No dia seguinte, ou dois dias depois, enterraríamos nosso filho.

— Está muito claro para mim que você e... Anna... – Ela suspirou, mais do que falou, o nome. – Você não pôde fazer nada. Você não é um homem mau.

Os lábios inchados e as lágrimas na garganta davam um tom abafado à voz de Ingrid. As palavras "homem mau" tinham uma sonoridade pesada e grave como se um tambor estivesse batendo ritmadamente as sílabas: ho-mem-mau-ho-mem-mau-ho-mem-mau...

— Quando você soube... quando você soube que estava perdido... – fez uma pausa e pareceu oscilar, de maneira que aquele formato estranho e novo e a cor violenta de seu rosto se tornaram uma espécie de móbile horrível – você deveria ter se matado. Deveria ter se matado. Sabe como. Teria sido tão fácil para você... Você sabe como.

— Sim. Acho que sei.

— Agora, não – prosseguiu ela. – Agora, não, seu covarde; agora, não. Fique. Fique neste mundo. Fique aqui e me dê um pingo de satisfação. Por quê? Por que você não se matou? Sabia como podia fazê-lo.

— Sinceramente, eu nunca sequer pensei nisso – sentia-me como uma criança que poderia tão facilmente ter escapado a uma terrível surra, mas que simplesmente não pensara na solução óbvia. Murmurei: – Aston fez isso...

– Aston?

– O irmão dela.

– Tinha me esquecido dele. Aston... e agora Martyn. Deus, aquela moça nefasta! – gritou para mim: – Eu poderia ter enterrado você e continuado a viver. Está compreendendo? Eu poderia tê-lo enterrado e continuado a viver. Mesmo sabendo o que você havia feito, poderia tê-lo enterrado. E continuado a viver. E continuado a amar. O sofrimento teria sido suportável. *Este* é insuportável. É um sofrimento insuportável!

Recomeçou a flagelar o rosto com a toalha. Corri por trás dela e a agarrei. Foi uma luta desigual e acabou rapidamente.

Coloquei-a numa cadeira.

– Não se mexa – sussurrei. Fui até meu escritório e voltei com alguns tranqüilizantes.

– Não – ela declarou em tom decidido. – E não e não e não!

– É essencial – afirmei.

– Essencial para quem? – perguntou com voz estridente. – Para você. Porque, uma vez na vida, você não sabe o que fazer... sabe, doutor? Eu só quero o que nunca poderei ter. Quero meu filho de volta. Dê-me meu filho de volta. Traga-o de volta para mim. Agora. Traga o meu filho de volta para mim.

– Ingrid, por favor, ouça o que estou dizendo. Martyn está morto. Ele se foi para sempre. Para sempre. A vida dele acabou. Ouça o que estou dizendo, Ingrid. Ouça-me. Eu fui o responsável pela sua morte. Deixe que eu carregue esse peso. Nunca me libertarei do peso dessa culpa, nem tentarei fugir disso. Passe esse peso para mim, Ingrid.

Empurre-o para cima de mim, empurre a morte dele para cima de mim. Respire fundo, Ingrid, respire profundamente. Você vai continuar vivendo depois disso. Empurre a morte de Martyn em minha direção, para cima de mim. Você vai continuar a viver. Agora entregue-o para mim, dê-me a morte de Martyn.

Eu a levei até a mesa e a deitei sobre o tampo. Ela encolheu as pernas em direção ao peito, como se prestes a dar à luz. As lágrimas escorriam ardentes pelo seu rosto. Os botões da jaqueta soltaram-se sob a força das convulsões, soluços e tremores que contorciam o seu corpo.

– Dê-me a morte dele agora, Ingrid.
– Ah, Martyn, Martyn, Martyn! – gritou.

E, então, um terrível grito silencioso foi seguido por um suspiro tão profundo que tive certeza de que tudo acabara. Alguma coisa voou em minha direção e pareceu me invadir.

Ela ficou deitada sobre a mesa, chorando baixinho. As lágrimas escorriam, banhando suavemente as feridas em seu rosto, lavando o sangue de sua face. Lágrimas e sangue formavam, ao redor do pescoço, uma quase grinalda que se abria em pequenos riachos, de um rosa pálido, e corriam na direção dos seios.

– Vou tomar um banho – falou.

Levei-a até o banheiro. Fomos andando bem devagar, minha companheira e eu. Talvez eu ainda tivesse algumas habilidades que poderiam ajudá-la a seguir em paz seu caminho.

Enchi a banheira e acrescentei um de seus óleos de banho. Ingrid soltou os cabelos, que, incongruentemente, até aquele momento haviam-se mantido num elegante coque. Os grampos, aliados aos anos de experiência e destreza, tinham permitido que o penteado sobrevivesse a tamanho caos, como um pequeno símbolo da normalidade.

Ajudei-a a despir-se, como faria com uma criança. Ela se abaixou lentamente dentro da banheira e deixou que a água lhe cobrisse a cabeça. O óleo de banho sobre seu corpo e seus cabelos teve o efeito de um remédio miraculoso, o ungüento de um mágico. Ela se deixou banhar de modo intenso, deitada na banheira e submergindo em movimentos repetidos, como se estivesse acompanhando algum ritmo desconhecido, num ritual acrobático de sobrevivência.

Fiquei sentado no chão, concentrando todas as minhas energias na sua direção. Com uma força que eu não sabia possuir, eliminei de minha consciência todos os outros pensamentos. De vez em quando, abria a torneira deixando jorrar mais água quente. Outras vezes, deixava escoar pelo ralo um pouco de água. Ela não parecia perceber minha presença, à medida que subia à superfície e tornava a deslizar para debaixo d'água. Finalmente, anunciou:

– Gostaria de ir dormir.

Enrolei-a numa toalha de banho e a enxuguei. Depois, tentei vesti-la com uma camisola. Fez que não com a cabeça e se enfiou entre os lençóis. Adormeceu poucos segundos depois. Fui me sentar junto à janela e fiquei observando a noite. Havia uma lua cheia no céu sem estrelas. Pensei em quão poucas vezes prestara atenção a essas coisas. Talvez alguma deficiência profunda de espírito. Uma ignorância herdada. O nada passado de geração a geração. Um defeito na psique, só descoberto por aqueles que sofrem em virtude de sua ação.

Imagens da infância de Martyn me consumiam – uma, particularmente: um movimento rápido da cabeça, ao ouvir o meu chamado, e o esplendor do seu riso emoldurado por um dia ensolarado de verão. Fechei os olhos, bem devagar, para deixar cair uma cortina sobre aquela cena. Eu tinha um funeral para preparar. Agora precisava tomar as providências.

Peguei uma folha de papel de carta e comecei a fazer minha lista. Avisos fúnebres para serem publicados no *Times* e no *Telegraph*. Temia que outras notícias – de caráter menos gentil – fossem publicadas por mensageiros da morte e levadas para o despreocupado cotidiano matutino de pessoas que eu jamais iria conhecer.

Haveria insinuações indiscretas nos jornais mais escandalosos e talvez um simples relato da tragédia nos outros. Por mim, pouco me importava, mas, de repente, preservar a dignidade da vida de Martyn me pareceu de vital importância. Será que eu poderia fazer alguma coisa? Uma agitação, uma terrível agitação me fez sacudir os ombros e a cabeça em rápidos movimentos mecânicos, de contração muscular. Deus! Não posso entrar em estado de choque. Tenho que me controlar. Saí rapidamente do quarto, sem fazer barulho. Engoli uns comprimidos de Diazepam e voltei para a minha lista – as autoridades competentes para liberar o corpo, o caixão, o serviço religioso, flores, música.

Ingrid começou a se mexer na cama. Dei uma olhadela no relógio. Tinham se passado horas. Como era possível? A lua havia desaparecido. O dia começava a raiar, já era quase hoje. O hoje estava aqui. Assim, agora, Martyn morrera ontem. Martyn morreu nesse dia, na semana passada, no mês passado, no ano passado. Faz dez anos hoje que Martyn morreu. Foi há vinte anos. Quando eu deixaria de marcar a data? Quando, ah, quando eu morreria?

Ingrid gemeu. Hoje e a dor deste dia, implacavelmente, iam abrindo caminho, destruindo-lhe o sono. Observei os movimentos de seu corpo se transformarem de raiva em derrota. Finalmente, ela se rendeu, entregando-se à agonia da rendição e do abandono. Os olhos, repentinamente despertos, num segundo tiveram a certeza.

– É verdade, não é?

Ajudei-a a se levantar. Não nos falamos.

Lenta e silenciosamente ela encaminhou-se ao banheiro e fechou a porta com cuidado. Voltei-me para a janela e assisti à chegada do dia, estendendo-se diante de mim. Carros, pessoas e sons encheram alguma área estranha de meu consciente. A camionete do leiteiro dobrando a esquina parecia um veículo espacial, avançando historicamente através do solo de um planeta recém-descoberto.

Sabia que havia ocorrido algum tipo de ruptura, que um abismo se abrira. Sabia que, para mim, o mundo real, concreto, tinha que ficar num foco vívido e novo. A parte separada e automática de minha existência era a que teria que funcionar. Durante os próximos dias eu teria que habitar totalmente aquela parte de mim. A outra parte precisava ficar adormecida, para ser vivenciada e habitada mais tarde, possivelmente para sempre.

O medo se apoderou de mim. Comece agora, comece agora, nesta dimensão. Olhe bem para os carros, ouça os ruídos. Concentre-se na camionete do leiteiro. Veja! Freou de repente, parando lá fora.

Ingrid saiu do banheiro. Completamente transformada. O coque estava mais uma vez refeito, cuidadosamente penteado em seu trançado simétrico. O rosto, que desinchara bastante durante a noite, apresentava uma imobilidade semelhante a uma máscara, característica da maquilagem perfeita e discreta. Entrou no quarto protegida pelo manto da perfeição artificial com que as mulheres que já são bonitas costumam se armar contra o mundo. Além disso, estava nua.

A intimidade do casamento nunca tirara a intensidade daquela imagem. Ficou de pé diante de mim e disse:

– Que pena termos um dia nos conhecido...
– Mas e Sally? Ainda temos Sally.
– Sim. Sim. Sally. Mas, você sabe, Martyn era especial para mim. Existe sempre apenas uma pessoa por quem se sente isso. Imagino que para você seja Anna, não é?

Suspirei.

– Que sorte para você, ela não está morta. Está? Anna é... Para falar francamente, Anna é... uma sobrevivente, não é mesmo? Você alguma vez esteve apaixonado de verdade por mim?

– Sim. E parecia tão bom... – respondi.
– E isto aqui? – gesticulou, apontando para o próprio corpo. – E isto aqui?
– Você é extraordinariamente bela.
– Eu sei disso. Meu Deus! Você pensa que não sei? – virou-se para o grande espelho de corpo inteiro. Declarou:
– Eu tenho um rosto lindo, olhe só para ele. Olhe para o meu corpo. Os seios são pequenos, mas ainda são bonitos. Os quadris e a cintura ainda são delgados – desenhou uma linha com as mãos, indicando os órgãos genitais. – E isto aqui? Esta parte de mim que fica no alto de minhas pernas tão elegantes. Fale-me a respeito de toda esta beleza! Não foi o suficiente, foi? Não foi o suficiente! E o fracasso me custou a vida de Martyn.

Ela se virou para mim. Agora, refletidas no espelho, estavam as linhas esguias de suas costas e a perfeição incongruente e assustadora do coque.

– Você devia ter morrido – disse em voz baixa e calma. – Devia ter morrido. Meu Deus, afinal você nunca pareceu mesmo estar vivo.

– Está absolutamente correta em ambas as afirmações. Eu devia ter morrido. Mas a idéia não me ocorreu. Eu nunca estive realmente vivo, para coisa nenhuma, até encontrar Anna.

– Talvez, afinal, você seja um homem mau. Bem, conseguiu inserir o seu horror em minha vida. Por um segundo... apenas um segundo, compreende?... pensei em fazer amor com você.

Demonstrei meu espanto. Ela deu uma gargalhada. Uma gargalhada curta, amarga e insegura.

– Só de olhar para você vejo o quanto me tornei irrelevante. Poderei tirar uma força considerável desse fato.

Abriu uma gaveta e vestiu rapidamente a roupa de baixo. Então, escolheu um vestido preto de simplicidade tão intensa que ela parecia a própria imagem da beleza inútil, forma sem nenhum poder.

Ouvi Edward chegar. Ingrid desceu correndo ao seu encontro. Edward tomou a filha nos braços e a apertou contra o peito. A devastação no rosto dele era terrível.

– Ah, minha Ingrid... – murmurou. – Meu amor, minha querida, minha tão querida Ingrid, minha pobre filhinha...

– Ah, papai...

Fiquei paralisado por um segundo. Não era Ingrid dirigindo-se a Edward, e sim Sally a mim.

De pé, parada à porta do quarto, ela sussurrava:

– Ah, papai...

Fui em sua direção. Mas, de repente, exclamando "Não! Não!", ela se virou e desceu as escadas, como se o simples fato de olhar para mim a tivesse ferido.

Eu a segui devagar.

— Sally, você foi maravilhosa, ontem à noite — Edward dizia. — Deve ter sido muito difícil para você. Foi Sally quem me deu a notícia, sabe? — Ele inclinou a cabeça em minha direção. — Muito duro para a menina... muito duro.

— Sally é muito corajosa. Bom-dia, senhor — Jonathan, que estava no saguão, dirigia-se a mim. — Eu lamento muitíssimo... — A voz dele extinguiu-se. — Poderíamos conversar... a sós?

Fomos para o escritório.

— Vou me encarregar de telefonar avisando ao cartório e ao hotel — disse Jonathan. — A todo mundo, exceto aos pais de Anna. Ainda bem que era só para a família... Ah, meu Deus, isto soa tão mal... O senhor sabe o que estou querendo dizer.

— Eu vou telefonar à mãe de Anna. Wilbur acabou de ter um ataque do coração, de pouca gravidade. Mas é essencial que ele seja tratado da maneira adequada. Creio que o pai dela está hospedado no Savoy. Vou ligar para ele, também.

— Usarei o quarto de Sally para tomar as providências, se o senhor estiver de acordo.

Balancei a cabeça, concordando. O pedido era, de fato, uma cortesia, e, portanto, ainda mais digno de apreço.

— Você ama Sally?

— Muito.

— Fico muito contente. Gostaria de dizer que fico muito contente que seja você.

— Obrigado.

Telefonei para a mãe de Anna.

— Eu ia mesmo lhe telefonar — observou ela. — Não havia nada que eu pudesse dizer ou fazer ontem à noite. Estava aguardando, esperando desde o amanhecer para ligar.

— Já soube?
— Sim.
— Anna?
— Sim. Ela veio ver Wilbur. Depois, quando estávamos fora do quarto, no corredor, ela me contou. E, então, foi embora. Sabe o que foi que senti?
— Não.
— Eu me senti, de repente, muito velha. Muito velha. Os franceses chamam isso de *coup de vieux*. Pareço muito velha hoje. Deveria estar consolando-o, imagino. Mas você não merece, não é? Você e Anna são dignos um do outro, combinam muito bem. Trazem sofrimento e agonia à vida dos outros. Ela sempre teve esse talento. Evidentemente, você acabou de descobri-lo. Sua mulher merece compaixão e simpatia, infinita, infinita simpatia. Mas, pelo que pude ver, ela não é do tipo que recebe muito bem compaixão e simpatia; creio que não gostará de ser objeto de piedade.

Houve um momento de silêncio. Em seguida, ela tornou a falar.

— Pareço diferente daquele dia?
— Sim... muito.
— Toda aquela tolice, acreditou que fosse verdadeira? Tem me ajudado ao longo dos anos. Wilbur nunca se deixou enganar. Na verdade, foi por isso que me casei com ele.
— Como está Wilbur?
— Vai se recuperar.
— Não conte a ele.
— Ele já sabe.
— Anna?
— Não, não foi Anna. Fui eu. Ele sempre sabe quando aconteceu uma tragédia só de olhar para o meu rosto. E disse: "Eu o avisei. Eu o avisei." Avisou mesmo?
— Sim. Sim, avisou.

— Você deveria ter dado ouvidos a Wilbur. Ele sabe tudo. Eu gostaria de estar presente ao funeral. Poderia me informar quando e onde será?

— Tem certeza?

— Tenho certeza total e absoluta. Seu filho era importante para mim. À minha maneira, tentei avisá-lo naquela noite. Mas fui demasiado sutil. Anna percebeu, é claro. Ela sabia muito bem o que eu estava tentando fazer com toda aquela minha conversa a respeito de Peter e de Aston.

— Ela foi para junto de Peter, sabia?

— Sim, eu sei. Sempre faz isso. Ela pensa que não sei o que aconteceu na noite em que Aston morreu. Meu Deus, ela pensa que não compreendo por que Aston morreu. Sempre fingi desconhecer tudo. Tentando manter uma ligação com ela, imagino. Inútil. Tudo o que fiz foi inútil, em vão. Gostaria que Anna tivesse tido outra mãe, e imagino que ela também sinta a mesma coisa. Ah, estou tão cansada! Adeus... Adeus.

Queria perguntar se Anna já havia contado ao pai. Mas a conversa estava encerrada. Liguei para ele imediatamente. Não queria pensar sobre o que Elizabeth dissera a respeito da filha; agora, não. Eu sabia que assomavam, à minha frente, anos de vazio total. Eu os preencheria com todas as palavras ditas a respeito de Anna, desde o dia em que ouvi falar, pela primeira vez, de sua existência.

— Charles?

— É gentil de sua parte telefonar. Escrevi para você... e para sua esposa. Separadamente. Não desejo falar com você. Minha esposa e eu estamos voltando para Devon. Não há nada de alguma utilidade que eu possa dizer ou fazer. Tenho algum conhecimento do que está passando neste momento, embora, é claro, sua situação seja muito mais terrível. É por isso que sei que tudo é completamente inútil. Tudo. – Ele suspirou e quase que sussurrou: – E todo mundo – então, o telefone foi desligado.

Eu tinha dois outros telefonemas a dar, chamadas que eram uma questão de honra. Liguei para o meu assessor de imprensa e derramei sobre sua manhã tranqüila minha triste história. São poucas as palavras necessárias para relatar uma história terrível.

– Meu filho morreu.

– Meu Deus! O que aconteceu?

– Houve um acidente horrível. Vai ter repercussões complicadas e bastante chocantes, John. Tenho que lhe comunicar com profunda tristeza que estou renunciando ao meu cargo. Nós nos conhecemos há muito, muito tempo, John. Você me conhece bem o suficiente para aceitar sem discussões que esta é uma decisão irrevogável.

– Pelo amor de Deus, o que foi que aconteceu? Você não pode me ligar a esta hora da manhã sem dar nenhuma explicação! – Ele quase soluçou: – Meu caro... meu caro amigo... O que posso fazer para ajudar?

– Você pode ser o amigo de que mais preciso neste momento. Aceite, sem questionar, o que estou dizendo. Tudo vai se esclarecer dentro de mais um ou dois dias. Mas, por favor, respeite minha vontade. Minha carreira está encerrada. Dentro em breve vai começar a receber telefonemas da imprensa e pode preparar uma declaração comunicando que eu renunciei ao cargo. John, realmente sinto muito. Realmente sinto muitíssimo – desliguei o telefone.

Telefonei para o meu ministro em sua residência. Numa conversa de curta duração, dei fim ao meu futuro. Não contei a ele nada além do que dissera a meu assessor de imprensa. Era um homem para quem a carreira significava toda a sua vida. Acreditava que eu era uma pessoa da mesma natureza. Portanto, sabia que somente uma catástrofe poderia ter me levado a tomar tal decisão. Depois de me apresentar suas condolências, disse que informaria ao primeiro-ministro tão logo recebesse a carta com minha renúncia.

— Vou prepará-la imediatamente. Vai recebê-la em menos de uma hora.

Tinha uma última chamada a fazer.

— Andrew...

— Estava esperando que você ligasse. Deu alguma coisa no noticiário. Sinto muito mesmo. É uma tragédia pavorosa. O que posso fazer para ajudá-lo?

— Quero preparar uma declaração. É de extrema urgência. Um comunicado à imprensa. Terá que submetê-lo à aprovação da polícia. Posso discutir o assunto com você?

— É claro! A notícia de que tomei conhecimento foi muito sucinta. Deixou várias perguntas sem resposta. O que aconteceu exatamente? – seu tom profissional de advogado era inquisidor.

— Não tenho nenhuma questão pendente com a justiça, Andrew. Já renunciei ao meu cargo público, não apenas à minha representação distrital, mas também à minha cadeira no Parlamento. Eu quero, como cidadão comum, proteger a memória de meu filho. Quero proteger minha esposa e minha filha do tipo de especulação e insinuação maldosa que poderia causar-lhes sofrimento ainda maior.

— Você é e sempre foi o homem mais frio que eu conheço. Muito bem. Vamos tratar de trabalhar nessa sua declaração. Quer que eu vá até aí?

— Não. É muito curta.

— Você já preparou o texto?

— Não, todo, não. De qualquer maneira, existem aspectos legais em relação aos quais tenho dúvidas.

— Vamos chegar a um acordo com relação ao texto básico, então poderei fazer as consultas necessárias.

Afinal concordamos que Andrew, depois de se desincumbir de algumas consultas legais, faria a seguinte declaração pública, em meu nome:

> Meu filho Martyn morreu ontem à noite, num trágico acidente. Naturalmente, será realizada uma autópsia. Alguns dos eventos e circunstâncias desta tragédia são, infelizmente, sujeitos a controvérsia. Em virtude desses fatos, renunciei à minha representação distrital e à minha cadeira no Parlamento. Minha renúncia é fato consumado e imediato. Como cidadão comum, condição que manterei para o restante de minha vida, quero pedir privacidade para minha esposa e para mim mesmo, de maneira que possamos chorar a terrível perda de nosso filho. E também para nossa filha, que perdeu seu tão querido irmão. Não faremos nenhum outro comentário adicional, seja agora ou a qualquer tempo no futuro.

— Eu me encarregarei disso. Haverá inúmeras perguntas. Não vão deixar essa história passar assim, em branco.

— Não. Mas se ficar bem claro que não faremos nenhum comentário adicional, pode ser que nos deixem em paz. Minha renúncia implica o abandono de todas as minhas responsabilidades públicas.

— Duvido que vá ser assim tão fácil. Você deve se preparar para ver um bocado de coisas desagradáveis nos jornais sensacionalistas.

— Eu nunca os leio.

— Bem, então está tudo certo.

— Andrew, estou me agüentando a duras penas. Estou tentando salvar o que eu puder, por Ingrid e por Sally.

— Desculpe. Desculpe. Sua capacidade de autocontrole, às vezes, provoca ressentimentos, é mal interpretada. E Anna, o que foi feito dela?

— Está em Paris.

— Impossível de ser contatada?

— Acho que sim.

— A questão do casamento... vão fazer isso render um bocado.

— Sim. Tenho certeza de que vão.

— Quer que eu fale com os outros moradores do prédio... que tente convencê-los a ficarem calados?

— Não. Os que forem falar vão falar de qualquer maneira. A autópsia e a averiguação das circunstâncias vão exigir que se apresentem para prestar depoimento às autoridades, de forma que é inútil tentar.

— Mas o inquérito e os depoimentos não se realizarão antes de dois ou três meses, talvez até mais.

— A causa da morte é muito clara. Martyn morreu instantaneamente em decorrência da fratura do pescoço na queda. Acredito que vão liberar o corpo e vamos poder realizar uma cerimônia fúnebre reservada dentro dos próximos dois dias. Andrew, nada na vida me preparou para esta conversa. É tão inacreditável para mim quanto, sem dúvida, deve ser para você. Estou tentando me ater ao mundo das providências, informações e planejamento porque tenho que conseguir levar Ingrid e Sally a terra firme. Depois, então, talvez eu possa enlouquecer, o que seria a reação normal, adequada. Mas agora, não, Andrew; agora, não. Vou precisar de sua orientação profissional fria, objetiva e desapaixonada. Por favor.

— Você a terá. Pode contar comigo.

— Obrigado, muito obrigado. Agora tenho que desligar. Vou mandar Ingrid e Sally para Hartley, com Edward. Ele disse que tentaria acertar as coisas para que Martyn possa ser enterrado no cemitério de lá.

— E você?

— Edward disse que posso usar o apartamento dele em Londres. De lá entrarei em contato com todas as pessoas que precisam, de fato, falar comigo.

— Como está Ingrid?

— Que posso responder a isso?

— Nada.

— Terra firme, Andrew. Estou tentando ajudá-las a alcançar terra firme.

— E você?

— Ah, eu? Minha vida está acabada. Mas isto agora é irrelevante. Andrew, estou muito grato. Agora vou deixar você cuidar disso.

— Sim. Até logo.

— Até logo, Andrew.

Embora possa chegar com uma rapidez chocante, o horror devora sua presa lentamente. Através de horas, dias e anos vai espalhando sua escuridão sombria, penetrando em todos os cantos do ser por ele dominado. À medida que a esperança se esvai, como se esvai o sangue de um ferimento mortal, desce uma pesada letargia. A vítima entra, sem perceber, no submundo de onde terá que sair em busca de outros caminhos, no que sabe que será uma escuridão permanente. O horror clamava por mim. Ingrid e Sally passariam pela terrível dor da perda, do luto, do sofrimento. Mas eu tinha que impedir que o horror as tocasse. Então, talvez, elas viessem a ter uma chance.

— Sally e Ingrid gostariam de ir até o hospital, antes de seguirmos para Hartley — Edward entrara em meu escritório.

— Eu vou levá-las, Edward.

— Sem a sua companhia. Receio que Ingrid queira ir sem você.

— Compreendo. Edward, é uma situação muito dura. Estou preocupado com elas.

— Creio que é um pouco tarde, você não acha?

— Nada que possa dizer será capaz de provocar qualquer efeito, Edward. No momento, estou fora do alcance da dor. Posso ajudar Ingrid a passar por esse sofrimento.

— Você fará com que seja pior, pelo fato de estar lá.

— Já perguntou a ela, Edward?

— Não. Mas tenho certeza.

Fui até a sala de visitas.

— Ingrid, vou levar você, Sally e Edward até o necrotério do hospital.

Ingrid estava sentada muito ereta e rígida numa cadeira. Seus pés pareciam desajeitados, como se estivessem fincados no carpete. As costas se achavam contraídas e duras contra o encosto da cadeira. Era um corpo que estava completamente rígido, todo contraído, como se soubesse que a mais leve descontração ou dobra de um músculo ou linha levariam à desintegração total. O rosto, que não apresentava mais sinal de inchação, estava novamente pálido e delicado, e sustentava-se desajeitadamente sobre o pescoço.

Manter a postura de um corpo, preservar a compostura de um rosto, primeiros passos no caminho para a sobrevivência. A dor da perda está aprisionada entre as barras de aço da jaula da aparência externa. Dilacerando músculos e ossos freneticamente, e impossibilitada de fugir, inflige ferimentos de ação prolongada. Ferimentos internos que serão levados para o túmulo e que nenhuma autópsia será capaz de revelar. Lentamente, a dor se cansa e adormece, mas nunca morre. Com o passar do tempo, vai se habituando à sua prisão e um relacionamento de respeito se estabelece entre prisioneiro e carcereiro. Agora eu sei disso, só agora. Ingrid dera à luz meu filho Martyn. E na noite passada eu abraçara sua morte e tomara para mim aquele fardo. Eu o guardaria com amor e carinho. E ela estava livre da raiva, do ódio e da culpa dos inocentes. Agora a batalha de Ingrid era com a dor da perda. E embora a dor, no final, acabasse vencendo, ela continuaria a viver, o que não é insignificante.

— Acho que é melhor eu levar vocês – disse Edward.

— Também deve vir, papai. Mas eu quero ir ver Martyn com o pai dele.

Edward suspirou e se afastou, chorando. Era um homem velho, derrotado no final da vida. Não haveria chance para Edward. O ferimento era mortal. Ele não sobreviveria. Lembrei-me de um velho provérbio chinês: "Não diga que um homem foi feliz até que ele esteja morto." O longo período de tempo de Edward com apenas um ferimento – a morte da esposa – chegara ao fim com esta última brutalidade, e vi a vida morrer em seus olhos. O resto se seguiria.

Londres não é um lugar adequado à morte. Passamos por ruas barulhentas, cheias de carros a caminho de escritórios e escolas, ônibus descarregando fileiras de pessoas diante de corredores cinzentos de prédios, pelas cores violentas de lugares para vestir e alimentar o corpo. Não era trajeto adequado para ir a um necrotério, onde tudo o que resta de uma vida que você amou é um corpo a ser enterrado.

Pequenas demonstrações de respeito se manifestavam como remanescentes de meu velho mundo. Fomos recebidos com discrição e guiados em silêncio para o que seria nossa última visão de Martyn. Respeito e silêncio são necessários diante do rosto da morte. Pois as lágrimas e os gritos não são verdadeiros, mas apenas ecos de uma dor que teve seu início na primeira morte. E que só cessará, com um suspiro, na derradeira.

Ficamos de pé, em silêncio, aquela mulher e eu, olhando para a beleza gelada de nosso filho. Notando como a morte quase lhe caía bem. Sua palidez natural e o cabelo negro, as feições cinzeladas, eram agora como a cabeça de mármore de um jovem deus.

Não sei quanto tempo ficamos ali. Finalmente, Ingrid se moveu. Lentamente, com os olhos e os lábios secos, ela beijou o filho. Olhou para mim e, com os olhos, me deu permissão. Mas eu não o faria. O beijo do Judas é para os vivos. Não desonraria meu filho ainda mais.

Não tornamos a voltar para casa. As malas tinham sido feitas por Jonathan. Chamaram o motorista e, envolvidos pelo suave manto protetor da riqueza, Ingrid, Sally, Jonathan e Edward partiram rapidamente para Hartley e para a bênção suave do campo. Rumo a uma vida nova. A vida depois de Martyn. Tinha início a primeira etapa da sua jornada.

35

Fui para o apartamento de Edward. Mais tarde, meu ministro foi lá me visitar. Uma carta particular do primeiro-ministro me foi entregue. Gestos respeitáveis e decentes de gentileza, atos humanitários de simpatia a distância. Pouco a pouco, os discretos visitantes do meu mundo perdido foram se dando conta de que o homem diante deles, seu antigo protegido, rival ou companheiro, estava se afastando cada vez mais rapidamente deles; precipitando-se, através de camadas estratificadas de poder e sucesso, através das membranas da decência e da normalidade, em um labirinto de horror. E em seus caminhos encontravam-se à espreita a depravação, a brutalidade e a morte. E o mais assustador de tudo – o caos.

Mas homens decentes sempre tentarão agir de acordo com os princípios da decência. E eles eram homens decentes. Tentaram me dizer que grande perda eu seria. Um deles até chegou a proferir, com desesperada sinceridade, a mentira apropriada:

– Você pode sobreviver a isso. Reconsidere sua renúncia. Você agiu muito apressadamente – então sua voz, cheia de sofrimento, calou-se diante da verdade.

Andrew telefonou.

– Os jornais adotarão o comportamento habitual. Sua casa está sitiada por cerca de dez jornalistas e fotógrafos de plantão, do lado de fora. Dentro em breve, eles irão para Hartley e também, possivelmente, descobrirão onde você se encontra.

– Devo dizer a Edward para trancar os portões de Hartley?

– Imediatamente.

– E, então, o que devo esperar?

– O habitual. Os bons jornais irão se concentrar na sua carreira e na renúncia. O jornal de Martyn vai tirar proveito do fato de a tragédia ter acontecido pouco antes do casamento. Farão um bocado de insinuações indiscretas. Você não foi encontrado nu? Os outros farão um verdadeiro carnaval. Só não o chamarão de assassino abertamente.

Mas você e Anna serão notícia de primeira página. Parece que existem indicações de que havia... como posso dizer isso... jogos sexuais, eu não sei. Meu Deus! De qualquer maneira, estou lhe avisando: evitando o risco de serem processados por difamação, irão crucificá-lo.

– Quanto tempo isso vai durar?

– Bem, você renunciou. Anna desapareceu. Depois do funeral, o assunto vai morrer um pouco. É claro que haverá cobertura da imprensa durante o inquérito.

– Sim, é provável.

– O outro aspecto abordado por uma repórter oportunista é o seu casamento. Você e Ingrid ainda estavam juntos? Estariam pedindo o divórcio? Disse que era investigação jornalística, pelo bem da sociedade, você conhece esse tipo de coisa.

– Então, vai durar de uma semana a dez dias?

– Sim, mais ou menos isso.

– E, depois, pelo resto de minha vida! Andrew, existem tantas questões a respeito das quais preciso conversar com você... Mas só depois dos funerais.

– Há alguma coisa que eu possa fazer daqui até lá?

– Não. Estou muito grato pelo que já fez. Lamento, mas preciso desligar. Ainda tenho que tomar uma série de providências.

Falei com estranhos a respeito do enterro de meu filho em Hartley. Com a ajuda de Edward, foram marcados o horário e a data de quando seu corpo estaria para sempre perdido para nós. Então falei mais uma vez com a mãe de Anna. Ela decidira que seria melhor não estar presente à cerimônia fúnebre. Despedimo-nos.

Edward acertou para que alguém me deixasse entrar na fazenda pelos fundos. Tarde, naquela noite, saí rumo a

Hartley. Imagens de morte e de horror estavam à espreita, ameaçadoras, escondendo-se atrás das sombras escuras das árvores na estrada. A dor da perda de Martyn só era igualada pela dor do desejo que sentia por ela. O nome que minha voz chamava era Anna, Anna, Anna. Mas as lágrimas que derramei foram por ele.

36

Silenciosamente ocupamos os pequenos cantos do dia seguinte, que ainda parecia normal. Comer e beber, tomar banho, fazer uma caminhada. Demos a essas atividades mais tempo e atenção do que de hábito, quase que fazendo delas um ritual. Descobrimos que era possível fazer os preparativos para o serviço religioso e para o funeral em curtas e intensas sessões de telefonemas e reuniões. Edward tinha duas linhas privadas, e o telefone principal estava fora do gancho.

Homens com câmeras, exaustos e entediados, e mulheres jovens, de roupas coloridas, podiam ser vislumbrados no final da entrada para carros, do lado de fora dos portões. A imprensa. Não senti animosidade. Meu filho, afinal, fora um deles. Sem dúvida, Anna também ficara à porta de outras casas, para escrever o seu relato a respeito dos rostos abatidos de famílias enlutadas, de modo que, entre flocos de milho e torradas, a eternidade pudesse clamar através das mentes de seus leitores.

Na manhã seguinte, em coches negros de metal reluzente, passamos pelo grupo fatigado que viera registrar nossa pequena história; estavam frustrados com o fracasso, na véspera, em fotografar ou entrevistar alguém. Os cliques e os flashes das câmeras, e as perguntas que os jornalistas lançavam através dos vidros, pareciam parte tão integrante do ritual da morte quanto o capelão que, com as feições do rosto compadecidas, veio receber mais uma família em sua casa de palavras e símbolos antiqüíssimos.

Nossa pequena família, um coro negro em volta da sepultura, presenciou o impossível. O enterro de Martyn. Naquela cena de negritude, incluí, através de um sonho, a presença de Anna. Eu a criei de pé, junto à sepultura, toda vestida de branco. Bem branco. E ela atirava braçadas de rosas vermelhas na cova aberta. Os espinhos, ao lhe arranharem os braços, faziam cair gotas de sangue sobre a terra e sobre o branco tão branco de seu vestido. Branco. Branco. Por um segundo, tudo foi ofuscado por uma luz branca. E então a cerimônia chegou ao fim. Voltamos rapidamente para Hartley em nossos coches negros.

Ingrid sentou-se comigo, no escritório de Edward, naquela noite. Duas pessoas mortas de cansaço.

— Não quero voltar a viver com você – disse ela. – Nunca mais.

— O que quer fazer?

— Quero ir para fora do país, passar alguns meses na Itália. Arthur Mandleson me ofereceu a casa dele, nos arredores de Roma. Vou pedir a Sally para passar o primeiro mês comigo. Jonathan pode ir vê-la. Depois, creio que ela vai querer viver com ele, em Londres.

— Eu compreendo. É evidente que eles são feitos um para o outro. E depois disso?

— Vou morar em Hartley, acho. Talvez compre também uma pequena propriedade em Londres. Vou pedir a Paul Panten para entrar em contato com Andrew e fazer os acertos necessários.

— Avisarei Andrew.

— Uma outra coisa.

— Sim?

— Depois do dia de amanhã, eu nunca mais quero voltar a vê-lo. Seria de grande ajuda para mim se eu pudesse me assegurar disso. Implicará sacrifícios. O casamento de Sally... outras reuniões de família... como funerais – deu uma risada amarga.

— Você tem a minha palavra.

— Compreende?

— Sim.

— Naquela noite, naquela estranha noite em que você disse: "Entregue-o para mim, dê-me a morte dele", uma espécie de raiva terrível me deixou e passou para você. Quero isso fora da minha vida para sempre. Tem que levá-la com você e ir embora para sempre.

— Posso ver Sally, de vez em quando?

— É claro. Mas peça a ela para não me dar conhecimento nem fazer nenhum comentário.

— Farei isso.

— Não faço perguntas sobre seus planos. Não quero ter conhecimento deles.

— Pode deixar.

— Você sabe que nunca me amou.

— Não.

— Bem no fundo, eu sabia disso. Mas parecia satisfazer a nós dois, na época.

— Sim. Ah, sim, parecia... tão bom...

— Você acha que isso foi a vingança do amor? Uma lição? De que não deve ser enganado?

— Talvez.

— Gostaria de encontrar esse tipo de amor também.

Fiquei em silêncio.

Ela suspirou.

— Você tem razão. Duvido que algum dia vá encontrar. Talvez seja demasiado cruel para mim. Ficaria assustada demais. Eu gostava muito de você. À minha maneira, eu o amava. Não creio que você faça idéia de quanto o amava – deu um sorriso triste. – Toda a minha vida anterior está enterrada aqui, com Martyn. Em Hartley encontrarei meu próprio caminho, desde que...

— Eu fique fora de sua vida.

— Sim. Estou tão, tão cansada agora... É extraordinário, mas tenho certeza de que vou dormir. E você?

— Vou ficar aqui sentado mais um pouco. Quero conversar com Sally e Edward, depois partirei.

Observei enquanto ela caminhava em direção à porta, o corpo ainda transido da dor transbordante do luto. Virou-se e sorriu para mim.

— Adeus. Não tenho a intenção de ser cruel, mas que pena que você não morreu, em algum acidente ou coisa parecida, no ano passado.

— Minha tragédia é que não concordo. Adeus, Ingrid.

Ela saiu e fechou a porta.

Depois de algum tempo, também deixei o escritório. Com café e lágrimas, observado pelos olhos perplexos de Edward e Sally, desliguei-me de suas vidas como teria extirpado um câncer de seus corpos. Com um fio de prata de palavras gentis, tentei costurar as feridas abertas.

Parti para Londres. No apartamento de Edward, tracei os planos para o restante de minha vida.

37

— Recebi a correspondência de Hampstead – era Andrew ao telefone. – Quer que eu mande lhe entregar, aí no apartamento de Edward?

– Andrew, quero ter uma conversa com você... a respeito do futuro. Poderia vir até aqui pessoalmente?

– Apareço hoje à tarde, por volta das quatro.

– Combinado.

Ele me entregou um grande envelope de papel pardo, cheio de cartas.

– São todas para mim?

– Não. Uma boa parte é para Ingrid, algumas para Sally.

– Não pode mandá-las para Hartley?

– Poderia haver algumas... bem... cartas de loucos, com coisas não muito recomendáveis.

– Sabe distinguir quais são?

– Vamos examinar cada um dos envelopes, cuidadosamente.

Separamos alguns que pareciam estranhos, mas não havia nada sinistro. Era apenas correspondência normal, ofertas de serviços especiais de tinturaria, propaganda de liquidações etc.

– O resto me parece sem problemas – comentei. – Pode enviá-las para Hartley.

– Você não vai estar com Ingrid... dentro dos próximos dias? – ele olhou para mim, depois desviou o olhar.

– Andrew, Ingrid e eu não estaremos juntos nem nos veremos nunca mais. Quero que você trabalhe em conjunto com Paul Panten e que cheguem a um entendimento. Nós dois somos ricos. Ingrid deve ficar com tudo que pertenceu à nossa antiga vida. A casa de Hampstead, os quadros, tudo. Se você puder acertar com Johnson, na Albrights, para fazer o levantamento e a avaliação dos bens, poderemos fazer um acordo financeiro. Sally, é claro, tem seu fundo em fideicomisso.

— E o de Martyn... agora. Desculpe, mas esta é uma conversa sobre finanças.

— Não. Por favor, você está absolutamente certo. Sim, e agora o de Martyn, que deveria ser automaticamente transferido para ela, no caso da morte dele sem deixar herdeiros. Andrew, preciso de alguns dias para pensar a respeito de meu futuro. Poderíamos conversar na sexta-feira?

— Mas é claro – olhou para as cartas endereçadas a mim. Nós dois vimos que havia uma vinda da França. – Então, já vou; conversaremos na sexta-feira. Vou começar a tocar toda essa operação.

— Andrew, estou profundamente grato. Nenhuma opinião? Nenhum conselho?

— Conheço você bem demais para tentar lhe dar conselhos. Ou talvez muito pouco. Até sexta – ele se foi.

Abri a carta vinda da França. Era de Peter:

> Tenho uma carta de Anna para você. Ela insistiu em que eu a entregasse pessoalmente. Seria possível você me telefonar? Assim acertaremos como e quando poderei fazer a entrega.

Isso era tudo.

Telefonei imediatamente.

— Onde está Anna?

— Não sei.

— Não acredito nisso.

Ele suspirou:

— Por favor, compreenda que aquilo em que você acredita ou deixa de acreditar é completamente irrelevante para mim.

— Sinto muito. Quando é que ela foi embora?

— No dia do enterro de Martyn.

— Como é que ela soube da data?

— Meu Deus! Não foi segredo nenhum. Saiu em todos os jornais ingleses.

— Para onde ela foi? — Ele ficou em silêncio. — Não estou lhe perguntando onde ela está agora, apenas para onde ela foi, naquele dia.

— Ela foi, meu amigo, visitar o túmulo do irmão.

Por um momento fiquei cego com a luz branca e brilhante do choque.

— Sozinha?

— Completamente sozinha. Vou repetir mais uma vez. A última vez em que vi Anna foi no dia do enterro de Martyn. Ela deixou a minha casa num táxi. Despediu-se de mim. Acho que dessa vez foi para valer.

— Como é que estava vestida?

— O quê? Um vestido branco. Disse que ia comprar rosas para o túmulo. E depois se foi.

— Vermelhas, imagino. — Como num sonho.

— Não sei de que cor. Esta conversa não está fazendo o menor sentido. Agora, como meu último ato por Anna, quer que eu vá até aí levar a carta ou você prefere vir buscá-la?

— Eu vou buscar.

— Então, é melhor vir ao meu apartamento.

Anotei o endereço.

— Amanhã, às seis.

— Amanhã, às seis.

38

O apartamento tinha a elegância discreta e a falsa simplicidade que eu passara a associar com Peter Calderon. Ele era muito inteligente. O tipo de homem suficientemente inteligente para esconder o fato de que é brilhante, para aprender rapidamente com os poucos erros que comete. Como os que cometera com Anna, havia muitos anos.

– É muito gentil de sua parte – comecei informalmente.
– Não. Não é gentileza. É uma obrigação.
– Ah!
– Eis a carta. Prefiriria que não a lesse aqui.
– Por quê? Sabe o que está escrito?
– Não.
– Mas arriscaria um palpite?
– Não. Poderia lhe dar minha opinião profissional. Mas, ainda assim, provavelmente não iria querer me ouvir.
– Estou ouvindo agora.
– Anna não achará possível continuar o relacionamento com você.
– Por que não? Sim, motivos óbvios eu conheço.
– Você se refere à culpa? Não, não, Anna seria capaz de lidar muito bem com a culpa; aliás, na verdade a maioria das pessoas pode. Por exemplo, você conseguiu, com total e absoluta perfeição, enganar seu filho. Torna-se quase que desnecessário fazer qualquer referência à traição menor, feita à sua esposa. E, no entanto, você está aqui, apenas dias depois da morte de seu filho, morte que foi, indubitavelmente, causada por você. E está aqui à procura de Anna. Então, por favor! A culpa, a pura e simples admissão e confissão de culpa é, nos dias de hoje, a grande absolvição por si só. Basta dizer a prece dos culpados: "Eu me

sinto culpado" e pronto: é esta a punição. A culpa é o único castigo. Assim, uma vez punido, e portanto purificado, pode continuar a praticar o mesmo crime.

– Então, por quê? Por que ela não pode continuar comigo?

– Porque foi só agora que ela finalmente conseguiu dizer adeus a Aston. Anna me falou a respeito de seu relacionamento com ela. Você foi parte do processo de cura. Uma parte vital. Os limites extremos até onde vocês chegaram, juntos, foram... como direi... uma viagem que vocês dois estavam destinados a fazer. Mas uma viagem que está terminada. Chegou ao fim – olhou para mim. – Pelo menos agora, no momento presente, está acabada para Anna.

– A última coisa que ela me disse foi: "Acabou. Acabou tudo." Mas não aceito isso.

– Porque ainda não acabou para você.

– Nunca estará acabado.

– Talvez não. Talvez não. Mas agora você será apenas um visitante de velhas paisagens, de velhos quartos, de velhos sonhos. Talvez isso seja o suficiente para você.

– Não vou desistir.

– Leia a carta. Depois decida. Fique grato pelo fato de ter feito a viagem. Poucas são as pessoas que conseguem. Talvez seja melhor assim. Quase sempre resulta numa tragédia. Mas, o que teria feito, se soubesse um ano atrás?

Olhei bem para ele.

– Minha esposa gostaria que eu tivesse morrido. Que não tivesse vivido para fazer isso.

– Mas, então, você nunca teria vivido realmente. Teria?

– Não.

Ele sorriu, enquanto me acompanhava até a porta.

– Poucos se arrependem ou lamentam ter vivido a experiência.

— E você?

— Eu nunca tive esse tipo de experiência com Anna. Tampouco Martyn. Neste aspecto, vocês foram de fato feitos um para o outro. Homens e mulheres encontram todas as maneiras de estarem juntos, as mais estranhas. A de vocês foi intensa e perigosa. A maioria de nós permanece nos caminhos mais inferiores.

39

No meio de um verde bosque, nos jardins das Tulherias, encontrei um canto sossegado, encostado ao tronco de uma árvore, para ler o meu destino:

> Devo retirar-me de você. Fui uma dádiva fatal. A dádiva de dor e sofrimento que você buscava tão avidamente, a maior recompensa do prazer. Embora presos num minueto selvagem, quem quer e o que quer que realmente sejamos ou devêssemos ser libertou-se. Como seres alienígenas na Terra encontramos a cada passo a linguagem de nosso planeta perdido. Você precisava de dor. E era pela minha dor que ansiava, faminto. No entanto, embora você não acredite, sua fome está completamente saciada. Lembre-se de que agora possui sua própria dor. Será "tudo, sempre". Ainda que me encontrasse, eu não estaria lá. Não procure por algo que já possui. As horas e os dias que nos foram concedidos, e que agora para sempre se acabaram, são também "Tudo. Sempre".

Uma folha caiu lentamente sobre a terra, como uma gigantesca lágrima verde. Eu não tinha lágrimas a derramar. Apalpei meu corpo, tocando os braços e o peito. Essa coisa terá que ter um abrigo em algum lugar até estar finalmente pronta para ser enterrada. Tenho que cumprir a promessa que fiz a Ingrid – viver, continuar vivendo. Mas precisaria de alguma espécie de caixão.

Levantei-me para ir embora. Uma criança correndo freneticamente atrás de uma bola chocou-se comigo. Olhamos um para o outro e alguma sabedoria instintiva fez com que ela se afastasse, correndo e chorando.

40

É extraordinariamente curto o tempo necessário para nos retirarmos do mundo. Certas providências básicas, é claro, têm que ser formalizadas. Andrew cuida de todas as contas e transfere para mim, mensalmente, uma quantia para as despesas. Cartas pessoais enviadas a Hampstead ou Hartley são destruídas por ele. O volume da correspondência diminui com uma rapidez considerável. Poucas pessoas têm o meu endereço; Sally, é claro, Peter Calderon – por via das dúvidas. Mas eu tenho certeza, lá no fundo, de que não haverá suspensão da sentença de condenação.

Tive que fazer apenas uma aparição pública, durante o inquérito. O veredicto foi morte acidental. Ingrid, Sally e Edward não compareceram. É óbvio que se falou muito do não-comparecimento de Anna Barton.

Tenho um apartamento em uma ruazinha da cidade onde agora vivo. Escolhi esse lugar com muito cuidado. As paredes pintadas de branco e o teto revestido de lambris de madeira, também brancos, foram o motivo de minha escolha. Desde então, acrescentei venezianas brancas às janelas altas, um tapete branco, estantes brancas. Com o passar do tempo, também comprei cartolina branca para cobrir as encadernações dos livros. As cores, por mais discretas que fossem, eram mais do que eu podia suportar.

A faxineira que vem todos os dias, por duas horas, não gosta do fato de que fico sentado observando enquanto trabalha. Mas tenho que fazê-lo. Uma vez ela trouxe rosas vermelhas. Não conseguira encontrar os lírios brancos que eu encomendara. Começaram crises de agonia, que me tomaram dias para controlar.

Tenho duas grandes fotografias que ficam viradas para a parede quando ela está aqui. Com toda certeza, tentaria virá-las, se eu não estivesse presente. Ficam penduradas, uma em frente à outra, no pequeno corredor que leva da sala de visitas para o banheiro. Embora o fotógrafo tivesse alguma dificuldade para ampliá-las no tamanho em que eu queria, acabou conseguindo. Montadas sobre um fundo branco, têm cerca de um metro e meio de altura.

Sigo uma rotina diária. Faço exercícios. Comprei um livro baseado no velho regime seguido por meu pai – 13 minutos de exercícios daqueles praticados na Marinha, todas as manhãs. Depois do café, leitura. Sempre os clássicos da literatura. Há leitura para uma vida inteira. Eu, certamente, não tenho uma vida inteira pela frente. Enquanto o apartamento está sendo limpo, ouço fitas ensinando idiomas. Tiro um período de férias a cada ano, passando uma temporada tomando sol, sempre em países diferentes. Desafio a mim mesmo a ter pelo menos os rudimentos do idioma do país que irei visitar. Este é meu terceiro ano desses desafios.

Depois que a faxineira vai embora, saio para uma longa caminhada. Faço uma refeição leve num café de rua. Depois volto para meu abrigo branco e continuo minhas leituras ou ouço música. Também é freqüente eu ficar sentado durante horas, deixando a pureza branca de meu quarto me invadir.

Tenho notícias de Sally regularmente. Wilbur morreu. Não de ataque do coração, afinal, mas num acidente de automóvel. Foi Edward quem morreu em conseqüência de disfunção cardíaca, um ano depois da morte de Martyn. Pensei... eu temia que isto pudesse acontecer.

Ingrid se casou de novo, com um grande industrial, que acabou de receber o título de cavaleiro do reino. Sally ainda não se casou. Ela e Jonathan continuam juntos. "Não é que não confie no amor", disse-me numa carta, algum tempo atrás. "É que não sei mais o que ele é."

Nunca me sinto solitário. Meu lugar favorito no mundo, no meu mundo, é o longo e estreito corredor que leva ao banheiro. É onde me sento às vezes, ao cair da tarde, olhando para a fotografia de corpo inteiro de Martyn. Mudo a posição da cadeira, de forma que a perspectiva varia o tempo todo. Uma vez fiquei de frente para a imagem dele, os braços tocando os lados da moldura. Durante horas e horas busquei encontrar nos olhos dele o conhecimento de que sua vida não seria como ele esperara. Mas, eternizado pela câmera num momento de riso, força e beleza, seu rosto parece saltar para fora daquela prisão de tecnologia e vidro, cheio de desafio e vida triunfante.

Às vezes olho para Anna... para uma fotografia tirada durante o fim de semana do noivado, em Hartley. Peguei a fotografia no escritório de Edward, antes de partir, pela última vez, de Hartley. Com uma expressão inquiridora, ela me devolve o olhar, o movimento dos cabelos negros soprados pela brisa contrasta com os olhos sérios e o rosto de expressão solene. Quando examino seu rosto de todas as perspectivas possíveis só consigo encontrar uma força passiva que parece dizer: "Não estou aprisionada, pois não me movo."

Seus anos de silêncio estão anunciados naquele rosto.

O desejo raramente me perturba. Uma vez (e desde então parei de beber) botei a fotografia no chão e me deitei sobre ela, no que pensei ser uma fúria do espírito; encontrei-me, contrariamente ao que esperava, perdido numa tempestade de desespero do corpo. Enquanto gritava em profunda agonia, verti sêmen e lágrimas.

E lembrei-me do que ela escrevera a respeito da noite em que Aston fora para sua cama: "Sêmen e lágrimas são os símbolos da noite."

41

Atualmente uso roupas esporte e, com freqüência, óculos escuros. Para mim, toda e qualquer cor é incômoda.

Carrego muito pouca coisa na bagagem, nas férias curtas. Este ano, Alemanha.

O aeroporto é horrível, cheio de pessoas, cores e sons. Viro numa esquina. Tudo fica em silêncio. Parece-me que de repente as outras pessoas se movem em câmara lenta.

Anna surge diante de mim. Aproxima-se. Tira os óculos escuros de meu rosto. Olha para meu interior e para além, como se se retirasse de mim para sempre. Silenciosamente, luta comigo por sua porção que ainda guardo. É todo-poderosa. Este é um ato de reintegração de posse. Meu corpo parece cair sobre si mesmo, para se tornar uma canção, um grito, um som tão alto, tão agudo, que estraçalha ossos e dilacera músculos.

Sei que meu coração me foi arrancado. Está se desintegrando. Caio de joelhos. É um gesto de devoção e de derrota. Meus lábios tocam o tecido de algodão de seu vestido. Suas cores florais de verão, verde e amarelo, são como ácido em meus olhos. Alguém corre para me acudir. Anna simplesmente se afasta.

– Precisa de um médico? – o rapaz me ajuda a levantar.
– Não, não. Estou bem. Eu sou médico.

Saio correndo na direção que ela tomou. Vejo-a reunir-se a um homem que segura pela mão uma criança pequena. Ele se vira ligeiramente em sua direção e os lábios de Peter Calderon beijam-lhe os cabelos. Dessa perspectiva, vejo que o leve desalinho de sua saia se deve à gravidez.

Encontro um táxi. Enquanto segue rapidamente de volta ao apartamento, o qual duvido agora que tornarei a deixar, pergunto a mim mesmo quanto tempo meu corpo sobreviverá. Não muito tempo, não muito tempo, espero.

Os derradeiros pensamentos me vêm à mente. Com um suspiro, fecho a porta.

Moribundo, possivelmente anos antes que o tolo mecanismo de meu corpo se renda, sussurro para mim mesmo e para os rostos calados nas paredes do corredor:

– Pelo menos agora tenho certeza da verdade.

Para aqueles dentre vocês que tenham alguma dúvida, esta é uma história de amor.
Chegou ao fim.
Outros poderão ter mais sorte.
Desejo-lhes felicidade.

fim

Você pode adquirir os títulos da BestBolso por Reembolso Postal e se cadastrar para receber nossos informativos de lançamentos e promoções. Entre em contato conosco:

mdireto@record.com.br

Tel.: (21) 2585-2002
(de segunda a sexta-feira, das 8h30 às 18h)
Caixa Postal 23.052
Rio de Janeiro, RJ
CEP 20922-970
Válido somente no Brasil.

www.record.com.br

EDIÇÕES BESTBOLSO

Lançamentos

1. *Baudolino*, Umberto Eco
2. *O jogo das contas de vidro*, Hermann Hesse
3. *O diário de Anne Frank*, Otto H. Frank e Mirjam Pressler
4. *O negociador*, Frederick Forsyth
5. *Fim de caso*, Graham Greene
6. *Coma*, Robin Cook
7. *Ramsés – O filho da luz*, Christian Jacq
8. *A pérola*, John Steinbeck
9. *A queda*, Albert Camus
10. *Bom dia, tristeza*, Françoise Sagan
11. *O Gattopardo*, Tomasi di Lampedusa
12. *Spartacus*, Howard Fast
13. *O amante de lady Chatterley*, D. H. Lawrence
14. *O diário roubado*, Régine Deforges
15. *O evangelho segundo o Filho*, Norman Mailer
16. *Amor e lixo*, Ivan Klíma
17. *Medo de voar*, Erica Jong
18. *Ragtime*, E. L. Doctorow
19. *Prelúdio de sangue*, Jean Plaidy
20. *O poderoso chefão*, Mario Puzo
21. *A grande travessia*, Pearl S. Buck
22. *O império do sol*, J. G. Ballard
23. *Perdas e danos*, Josephine Hart
24. *Em algum lugar do passado*, Richard Matheson

EDIÇÕES
BestBolso

Este livro foi composto na tipologia Minion, em
corpo 10,5/13, e impresso em papel Off-set 70 g/m² no Sistema
Cameron da Divisão Gráfica da Distribuidora Record.